KB106120

생
명
칸
타
타

생명칸타타

김병종　　최재천

너와숲

김병종

최재천＋김병종　대담 진행 양영은

최재천

김병종

누가 이 세상을 공평하다 했는가? 나는 김병종 선생을 글쟁이로 먼저 만났다. 《김병종의 화첩기행》을 펼쳐 들고 때론 장터국수 같은 담백함에, 때론 삼겹살에 막걸리 같은 걸쭉함에, 또 때론 바지락 된장찌개 같은 농익음에 취해 읽고 또 읽었다. 그야말로 말을 가지고 채를 썰고 버무리고 지지는 언어 요리의 마술사다. 환쟁이 김병종은 좀 뒤늦게 만났다. '생명의 노래' 시리즈를 접하며 세상천지에 어쩌면 이렇게 환하게 대담한 환쟁이가 있나 싶었다. 죽다 살아나 가까스로 만난 눈 속의 꽃이니 오죽했으랴? 그는 서화의 천재를 두루 타고난, 이 시대에 몇 안 남은 선비다. 세상은 결코 공평하지 않다. 오래전 어딘가에 내가 쓴 글을 여기 다시 옮겨 적는다.

"김병종은 그림처럼 글을 그리고, 글처럼 그림을 쓴다."

이어령 선생님은 생전에 김병종을 그의 '생명 동행자'라 칭하셨다. 선생님이 떠나고 없는 이 세상에 덩그러니 홀로 남은 그는 이제 하릴없이 나와 생명 사랑의 공범이 되었다. 그의 그림은 "모두 숨 쉬고 꿈틀거리고 이동한다." 그래서 그가 부르는 "생명의 노래들은 그치는 법 없이 계속될 것이다." 나는 생명의 진화를 연구하는 과학자다. 생명은 그를 소유하는 듯 보이는 개체의 차원에서는 유한성ephemerality에 갇혀 있지만, 다른 한편으로는 유전자gene에서 유전자로 이어지는 영속성continuity을 지닌다. 동갑내기인 우리 둘, "숨길이 멈추고 나서도 계속해서 움직이고 또 움직일" 생명의 밈들을 함께 만들어가리라. 지난해 8월 그의 품에 안긴 손자 도진이와 11월 내 품에 온 나의 손녀 노엘이 함께 살아갈 세상을 위해.

2023년 통섭원에서

최재천이 바라보는 김병종

생명은 움직임이다

생명이란 무엇인가.

'살라生'는 '명령命'이다. '산다'는 것은 무엇인가. 숨 쉬는 일이고 움직이는 일이다. 그림도 살아 있는 생물生物이다.

내 그림은 모두 숨 쉬고 움직이며 이동한다. 멈춰선 순간처럼 보이는 그 속에도 정중동의 미묘한 움직임이 있다. 노래는 그 움직임들이 서로 만나고 흐트러지면서 순간순간 만들어내는 가락이다. 따라서 내 그림 속에 진정한 의미의 스틸 라이프Still Life는 없다.

흐르고 유전하고 혹은 확산되고 혹은 응축되면서 화면은 끝없이 살아 움직이고 이동한다. 거대한 낙락장송에서부터 작은 송홧가루에 이르기까지 서로 눈 맞히고 마주하거나 비켜 가거나 둥실 떠가며 움직인다. 나는 오브제보다는 그 오브제가 이동하는 움직임의 순간을 색채와 형태로 낚아채려 한다. "마음의 색채心彩'로.

살아 있는 것은 움직인다. 쉬거나 머무르는 법이 없다. 내 지상에서의 삶은 유한하지만 내 붓끝에서 태어나는 생명의 밈meme들은 내 숨길이 멈추고 나서도 계속해서 움직이고 또 움직일 것이다.

내가 붓으로 부르는 생명의 노래는 그치는 법 없이 계속될 것이다.

김
병
종

그리고 싶구나.
너희들의 순백 생명의 색

겸아, 윤아. 너희가 처음 만난 세상의 색色은 무엇이었니. 신발을 신기면 으레 마스크를 채워줄 줄 알고 기다리는 너희를 보며 세상에 대한 색채의 첫 기억이 혹 하얀색은 아니었을까 생각했다. 그 예쁜 얼굴의 반을 하얀색 천으로 가리게 해 짠하고 미안한 마음이란다.

"아버지, 지금 막 쌍둥이 사내아이를 출산했습니다."

너희 아빠의 전화를 받은 재작년 가을 자정 무렵, 나는 멀리 남쪽 고택에 머물고 있었다. 달빛이 방 안에까지 넘실거려 뒤척이던 참인데 전화를 받고 마당으로 나서니 휘영청 밝은 달이 가득하더구나. 이렇게 한 세대가 가고 다시 한 세대가 오는 걸까.

처음 너희 아빠를 얻던 날이 생각났다. 그 작고 가벼운 생명체를 담요에 담아 안고 병원 문을 나설 때 햇빛 쏟아지는 세상으로 나아가는 것이 갑자기 두려워지던 기억. 사람들은 축하한다고들 했지만 아찔하던 현기眩氣와 함께 알 수 없는 외로움과 슬픔, 죄의식 같은 것이 한꺼번에 엄습했단다. 아마도 정글 같은 세상을 헤쳐가야 할 여린 생명에 대한 연민 때문이었을 것이다.

너희가 태어나던 그 새벽에도 할아버지에겐 바람처럼 일어나는 마음의 서성임이 있었다. 그래서 달빛에 의지한 채 신작로라 불리는 옛길을 하염없이 걸었지. 하늘엔 별이 총총한데 가끔 머물러서 보면 슈욱 하면서 멀리 유성이 떨어지는 모습도 보였어. 참으로 오랜만에 만난 어릴 적 풍경이었지. 그 시절 봄이면 보랏빛 자운영이 끝 간 데 없이 펼쳐지고 노란 구름처럼 일어나던 송홧가루 하며, 파란 보리밭 사이로 둥둥 떠가던 오색 상여의 모습 같은 것이 나를 '먼 북소리'처럼 '환쟁이'의 길로 불러냈던 것 같구나.

내가 만난 색은 그렇게 푸르고 붉고 아득한 노란색이었단다. 열다섯 살무렵 역 앞 '복지다방'이란 곳에서 '혹惑'이란 이름으로 '야시쿠레'한 여인 그림 전시를 열어 집안 어른들로부터 지청구를 듣던 일이며, 새벽녘찬밥 비벼 먹고 화가가 되겠다고 완행열차 잡아타고 서울로 떠났던 이야기들을 언젠가 너희를 무릎에 앉혀놓고 도란도란 들려주고 싶구나.

그 새벽 산새 울음만 들려오는 산길을 홀로 걷는데, 귓가에 "할아버지 그냥 그렇게 쭈욱 가세요"라는 너희 목소리가 들리는 것 같았다. 문득 '신행태보信行太步'라는 말이 생각났다. 하늘을 믿고 그 방향으로 걸어간다. 살아보니 삶은 속도보다 방향인 것 같더구나. 우리는 지금 한 세대 안에서 경험할 수 있는 문명의 최대 스펙트럼의 나날을 살고 있다. 뭔가 어깨를 툭 쳐서 돌아보면 벌써 저만치 과거가 되고 마는 시대를 살고 있지. 어느덧 나도 등으로 석양빛을 받으며 인생의 산마루를 내려가고 있는데, 때로는 아쉽

김

병

종

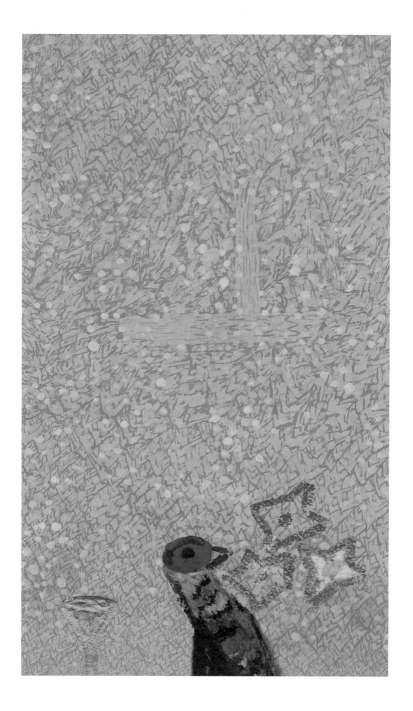

게 뒤돌아보고 다시 나타난 등성이가 숨 가빠오지만 한 세대는 가고 다시 한 세대는 오는 것이니 나는 나의 가던 길을 휘적휘적 가려 한다.

인공지능AI이니 뭐니 하며 수선을 떨지만 생명의 아름다움으로부터 오는 영감만큼 가슴 떨리는 일은 없을 것이다. 처음 너희가 발걸음을 떼며 내 집에 들어서는 모습을 보고 어떤 이의 시처럼 과거와 현재가 미래가 함께 오는 듯한, 어마어마한 존재와 시간의 중량이 함께 오는 듯한 느낌을 받았단다.

겸아, 윤아. 내일은 너희가 이 할아버지 집에 오는 날. 과거와 현재와 미래가 함께 오는 일이기 때문에 나는 벌써부터 손을 몇 번씩 씻고 샤워도 하며 너희 맞을 준비에 설렌단다. 너희 엄마야 속으로 언짢을지도 모르겠다만, 내일은 기어코 마스크를 벗고 너희 그 살냄새 나는 여린 뺨에 내 뺨을 대어 마음껏 비비고 싶구나.

P.S   모든 생명이 다 그러하겠지만 쌍둥이 손자 겸이, 윤이는 하늘로부터 온 홀연한 선물이었다. 내 삶이 잿빛이었을 때 이 두 아기는 화사한 생기生氣 덩어리로 왔다. 주위가 화안해졌고 이후 아기들이 자라나는 모습은 경이, 경이의 연속이었다. 내 아들은 자신의 아이들에게 '도댕'이라는 애칭을 달아주었는데 도댕이들이 내 집에 올 때는 그야말로 수만 개의 종이 타종하듯 생명의 울림으로 가득했다. 그리고 아기들은 마구 행복 바이러스를 퍼트려놓고 갔다. 이 글은 2020년 7월 <조선일보>의 <나의 손주에게>라는 기획으로 쓰인 것이다. 읽을 때마다 가슴의 두근거림이 되살아나곤 한다.

김
병
종

두 아이가 쑥쑥 자라고 바빠질 때 즈음해서 하나님은 내게 또 다른 생기 덩어리인 진이를 다시 보내주셨다. 순식간에 나는 세 손자를 가진 할아버지가 되어버렸다.

먼 별나라로부터 진이가 왔다

지난해 8월 어느 날 진이가 왔다.

집이 손님들로 왁자할 때 갑자기 둘째 며늘아이에게 진통이 왔고 잠시 후 예쁜 사내 아이가 세상에 나왔다는 전화를 받았다.

그리고 얼마 후 마주한 아기. 나를 보고 웃어줄 때의 그 황홀함이란. '아기야, 나는 때묻고 남루하단다. 감히 네 눈부신 웃음을 받아내기 어렵구나.' 속으로 그렇게 말했다.

나는 요새 두 손자가 커가면서 바빠진 까닭에 가장 시간이 남아도는 세 번째 손자 도진이와 눈으로 대화한다. 그리고 순수한 눈빛에서 영감을 받는다.

김
병
종

한 생명의 탄생, 온 우주가 열리는 느낌이다.

멀리 빛나는 별로부터 지구별에 온 새 손님 진이로

그 여름 내내 행복했다.

그 은총의 기적이라니…….

큰아이의 다섯 살 생일을 기념하여 그린 그림. 제목은 <어린 왕자>. 한동안 이 제목으로 아이 그림을 그렸다. 모든 아이의 모습에는 '성聖'이 있다. 그 당시 나의 생각이었다.

김
병
종

설렘

　　알싸한 아침 작업실. 무쇠 난로 위에서 물주전자는 푹푹 김이 끓는데, 나는 기다린다. 블랙커피 반 잔을 마시면서도 기다리고, 자메이카 블루마운틴의 묵직한 향이 낮게 깔리며 브람스의 선율과 섞여드는 순간에도 기다린다.

그것 없이는 아침마다 만나는 백白의 공포를 이겨낼 수가 없다. 그것이 활활 연소해 타오를 때에야 비로소 맹수 앞에 선 전사처럼 창 대신 붓을 들고 하얀 화판 앞으로 걸어갈 수 있는 것이다. 그렇기에 흡사 고도Godot를 기다리는 블라디미르와 에스트라공처럼 나는 기다리고 기다린다. 무릇 모든 '쟁이'가 그럴 테지만 나는 일찍부터 그 불가해한 느낌에 포박돼 있었다. 아니, 중독이라는 표현이 낫겠다. 작업실 문을 열고 들어설 때마다 엄습해 오는 그 대체 불가의 느낌. 육肉적이고 영靈적이며 언어적이고 비언어적인, 온몸을 가볍게 진동시키는 그 야릇한 흥분과 전율, 그 열감熱感을 대체 '설렘'이라는 말 아닌 다른 무엇으로 표현할 수 있단 말인가. 나의 세월은 허기진 듯 그 느낌을 쫓아 달려온 시간들이었다. 고풍스러운 기와집 역사驛舍가 건너다보이는 소읍의 한 다방에서 그림과 사랑에 빠져 처음 전시를 열었던 열대여섯 무렵부터 치자면 근 50년 세월이다. 그리고 보면 이 무자비한 광속의 세월 속에서도 살아남은 이 말이 새삼 눈물겨울 지경이다. 깨지고 부서지고 거품처럼 떠다니며 비열해져가는 말들의 세상 속에서도 설렘은 첫사랑의 기억처럼 그 자리에 그대로 있어줬으니 어찌 고맙지 않겠는가.

오늘도 나는 지난 세월 그러했듯 작업실 문을 열고 들어와 마음 저 밑바닥으로부터 고동쳐 오는 그 느낌을 기다린다. 설렘 없이 하얀 화판 앞으로 다가가는 것은 지는 싸움임을 알기 때문에.

P.S　2020년 시월 어느 날, 신문사 청탁에 의해 쓴 글이다.
　　　나를 밀고 온 "힘"을 한마디로 나타내보란다. 그렇다. 설렘과 흥분, 내 손끝에서 피어나는 형상들을 스스로 바라보고 취하는 그 고조된 상태. 그것이 바로 내 삶과 창작의 원료가 되었고, 나를 이끄는 힘이었음을 비로소 깨닫게 된다.

김
병
종

운자 크레보의 사과나무

'운자 크레보'라는 말은 원래 노르웨이 농가의 곡물 창고를 일컫는 이름. 어느 해 우리 일가는 노르웨이의 시골집에서 여름의 한동안을 보낸 적이 있다. 노르웨이어의 낯선 발음 탓에 로이뤄며 프라항 가드라는 지명은 생각나지 않고 그곳은 운자 크레보라는 이름으로 우리 기억 속에 남아 있다. 사방에 옥수수밭과 과수원, 채소밭들이 보이는 들판 가운데 외따로 있는 이 집은 그러나 오랜 세월을 거기 그렇게 있었다.

마당엔 식탁이 놓여 있고, 그 식탁 옆에는 늙은 사과나무가 한 그루 있었다. 손님을 위해 마련된 작은 게스트룸에 들어가니 사진들이 눈에 들어왔다. 마당의 늙은 사과나무 아래에서 찍은 사진들을 수직으로 걸어놓았는데, 자세히 보니 사과나무는 그대로인데 그 아래 인물들은 조금씩 달라지고 변해갔다. 첫 번째 사진 속 부모인 듯싶은 중앙의 인물들이 두 번째 사진에서는 보이지 않았고, 첫 번째 사진 속 청년은 반백의 남자가 되어 그 중앙을 차지하고 있었다. 이런 식으로 두 번째 사진 속 아이는 세 번째 사진에서는 중년이 되었다가 네 번째 사진에서는 백발의 노인이 되어 있었다. 우리를 반갑게 맞아준 할머니 할아버지는 세 번째 사진 속에 갓 결혼한 듯싶은 신혼부부의 모습으로 나와 있었다. 사과나무는 그대로인데 사람은 그렇게 바뀌는 것이다.

주변에 식료품 가게 같은 것도 찾을 수 없을 뿐더러 누가 장을 봐 올 형편도 아니어서 노부부는 자신들의 텃밭에서 딴 채소며 과일, 그리고 직접 반죽해서 구운 빵으로 식탁을 차리곤 했다. 해 질 무렵이면 할머니가 굽는 빵 냄새가 고소하게 퍼져 나오곤 했다.

노부부는 농가 창고를 개조해 여행자를 위한 별도의 숙소로 쓰고 있었는데, 우리에게는 자신들이 살고 있는 본채의 2층을 내주었다. 할머니가 손수 만든 듯싶은 수놓은 커튼이며 정갈한 침대보며 작은 테이블이 예쁜 방이었다. 원래 숙소만 빌리기로 하고 그곳에 묵었는데, 식사 때가 되면 마음씨 좋은 노부부는 자주 우리를 자신들의 식탁에 초대하곤 했다. 할머니는 마치 나 어릴 적 시골 외할머니처럼 자꾸만 우리 애들에게 먹을 것을 가져다주시곤 해서 헤어질 무렵 아이들은 한사코 그 할머니와 떨어지려 들지 않았다. 가끔은 과일나무 사이로 들어갔다 나오면서 "융(용)" "응(훈)" 하고 우리 아이들 이름을 부르며 치마폭에서 잘 익은 과일들을 꺼내주시곤 했다.

여행에서 돌아오고 나서 한동안 아이들은 운자 크레보의 할머니 집 얘기를 했다. 그럴 때마다 나는 늙은 사과나무와 그 아래서 찍은 다섯 장의 사진들이 떠올랐다. 지금쯤 아마 그 두 노인은 저세상으로 떠났을지도 모른다. 내가 다시 오고 싶다고 작별 인사를 했을 때 힘없이 웃으며 고개를 끄덕이던 모습을 생각해보면 운자 크레보의 주인은 이제 아들 내외로 바뀌어 있을 것 같다. 저녁이면 향기롭게 풍겨 오던 빵 굽는 냄새와 함께 사과나무 아래 차려지던 소박한 밥상이 그리워진다. 그러고 보면 우리를 잡아끌고 못내 아쉬워하게 만드는 것은 번쩍거리고 화려한 것이 아니라 사랑으로 스친 인연이나 그 인연과 함께 마주한 소박한 식탁 같은 것이리라.

P.S   운자 크레보, 노르웨이의 한 작은 산골집, 베르겐 쪽으로 가다가 발견하고 며칠을 묵어간 그 집. 그 집의 오래된 사과나무에는 하마 지금쯤 다시 붉은 사과가 열리고 있을까.
그렇게 세월도 세대도 가고 오는 것이리라.

치유하는 사하라

　　사막에서는 꽃도 나무도 그 색이 더 진해 보이고, 그 형태 또한 더 강렬해 보인다. 혹은 더 사나워 보인다. 모진 환경을 견뎌내느라 그럴 것이다. 가끔씩 천지를 뒤집어놓을 듯 우우 하며 돌개바람이 불어온다. 시뻘겋게 달아오른 붉은색은 더 붉어 보이고, 푸른색은 더 푸르러 보인다. 광야를 쓸고 가는 바람에 둥글둥글 말려 굴러다니다가 간혹 하늘로 빨려 올라가기도 하는 건초들이며 뿌연 먼지들 속에서는 충격도 함께 떠오르고 함께 가라앉는다.

모로코 쪽에서 사하라로 들어가는 길은 일단 이런 붉은 광야 길을 하염없이 달려가야 한다. 붉은 황토 사이로 외롭게 뚫린 길이 끝나는 지점에서 비로소 대기하고 있는 낙타로 바꾸어 탈 수 있다. 그 기나긴 길에는 간혹 붉은 흙담의 야트막한 집들이 보이고 텅 빈 벌판에 전선들만 엉켜 있는 낡은 주유소가 나타나는데, 흡사 영화 〈바그다드 카페〉의 황량한 모습 그대로다.

그 지나치는 황량한 풍경 속에는 가난하고 외롭게 죽어간 이들의 공동묘지도 있다. 평생을 남의 장례식에 불려 다니며 대신 곡을 해주는 일을 하다가 죽어간 이른바 '대곡자의 묘'다. 대신 울어주는 일을 업으로 하며 살다가 죽어간 여인들의 공동묘지다. 밤이면 가끔씩 여우며 이리가 몰려다니며 묘를 파헤친다 하여 기분 나쁜 곳이라고 일컬어져 지나가는 차들조차 빨리 가려 한다고 했다.

하지만 정작 이렇게 하여 찾아가는 사막은 완전한 적막과 진공처럼 느껴진다. 정중동의 소리 없는 움직임 속에 오직 뜨거운 열기로 가득 차 있는 것이다. 밤이면 그 열기는 기분 좋을 정도의 서늘함으로 바뀐다. 게다가 천공에는 와르르 쏟아질 듯한 별자리의 장관이 펼쳐진다. 이 황홀한 사막의 밤에 매료된 앙투안 드 생텍쥐페리는 밤 비행의 체험을 살려《어린 왕자》를 썼을 것이다. 물론 사막의 모래바람을 만나면 상황은 달라진다. 고요와 적막은 순식간에 광풍에 휘말리고, 모든 생명체는 그 안위를 걱정하지 않을 수 없게 된다. 그래서 누구라도 이 예측불허의 모래바람을 피할 수 있기를 바라며 사막으로 들어갈 수밖에 없다.

그런데 모로코에서 내게 길 안내를 해주었던 한국 여인은 한 번씩 이 뜨겁고 거친 사막의 모래바람을 찾아 길을 나선다고 했다. 1년에 며칠씩 그 모래바람과 열사의 사막에서 지내다가 온다는 것이다. 먹을 것도 마실 것도 충분하지 않고, 낮과 밤의 일교차가 너무 큰 데다, 언제 예측불허의 그 뜨거운 모래바람이 불어올지 모르는 사하라로 들어가 며칠씩 지내다가 온다고 했다. 사람들이 산 좋고 물 좋은 곳으로 피서를 떠날 때 그녀는 사막으로 향했다. 그리고 사막 여행에서 남들은 모르는 치유와 회복, 그리고 삶에 대한 열망을 안고 돌아온다고 했다.

그녀는 내게 이젠 사하라에 중독되어버린 것 같다며 웃었다. 때로는 부드러운 것보다 사나운 것이 우리를 치유한다. 달콤한 것보다 쓰디쓴 것들이, 풍요보다 결여가, 기쁨보다 슬픔이 우리를 다시 일어서게 한다. 사하라가 바로 그 경우다.

P.S   생명이 고갈된 사막이야말로 <생명의 노래>를 부르기 좋은 곳이 아닐까.
      누가 알겠는가.
      노래가 있다면 어느 날 사막에도 꽃도 피어날지.

김

병

종

가나자와, 눈의 나그네

그곳은 흑과 백의 도시.

검은색은 땅에 있고 흰색은 하늘로부터 내려와 섞이지.

흰색은 부드럽게 내리고, 검은색은 그 흰색을 종교처럼 고귀하게 받아내.

흑과 백이 이토록 고요하게, 평온하고 그윽하게 만나는 장면을 어디에서

또 볼 수 있을까.

이 세상 모든 강한 것들이 약하고 어린 것들을 하늘로부터 내리는 눈처럼

그렇게 맞을 수만 있다면.

무어니 무어니 해도 가나자와에서는 오래된 검은 기와지붕 위에 내리는

소담한 흰 눈을 바라볼 일이야.

할 일은 이것밖에 없다는 듯, 하릴없이 바라볼 일이야.

바라보고 바라보노라면 그 흰색은 이윽고 퍼져서 어지러운 마을 자리까

지 차게 화안하게 해주지.

가나자와의 눈.

어떤 도시에는

낮에도 별이 떠오르고 한겨울에도 꽃이 핀다지

가끔은 늑대 울음 속에 붉은 달이 떠오르는

사막으로 가는 사람들도 있어.

그런데 가나자와에서는 전설처럼 사철 눈이 내려

설마.

물론 겨울 하나를 빼고 나면 나머지 세 계절이야

환영 속에 내리는 눈

이곳을 사람들은 구스타프 클림트가 칠한 것 같은 황금색 도시라 한다

지만

천만의 말씀.

　　　　내가 보기에는 흑과 백의 도시야.

멀리 북쪽으로 가던 눈이 문득 방향을 틀어서 하얀 나비처럼 접었다 폈

다, 이 천년의 도시 검은 기와 위에 내려앉는 것이지.

반가운 손님처럼 그렇게 백은 흑을 만나는 것이야.

무채색의 동화처럼 그렇게.

이곳에 500년 지나도록 전쟁이 없었다는 것은 흑백의 조화가 가르쳐주어

서인지도 몰라

한겨울 호텔 로비에 앉아

하염없이 그 눈의 풍경을 바라보아

단아하게

김

병

종　　　　　　　　　　　　　　　　　　　　　　　　　031

수직으로 내리는 눈은 어느새

살갗에 닿는

기분 좋은 차가움.

입속에 넣는 스시 한 조각에도

어느새 살짝 묻어 오는 그 차가운 향香

가나자와로 가는 가방을 챙길 때

누군가는 말했어,

거긴 작은 교토라고

하지만 파블로 네루다도 썼잖아.

키스는 키스, 한숨은 한숨.

교토는 교토, 가나자와는 가나자와

     물론 담장 너머

어디선가 금박장이의 작은 망치 소리가 고즈넉하게 들려오기도 하지만.

그 소리에도 길을 잃고 우왕좌왕하거나

사선으로 내리는 법 없이

마냥 우아하게 내리는 눈

가나자와의 눈.

온 천지에 내리는 가나자와의 눈은 분분히 날리는 다른 곳의

눈과는 다르고말고

가나자와 성 성곽의 물길을 감아 돌며 천천히 걸을 때

흐르는 물 위로 내리는 눈. 흡사 화롯불에 내리는 눈꽃처럼

그렇게 흔적도 없이 기꺼이 사라지는 모습들.

　　　그러다가 홀연히 도시를 떠나가는 눈.

어디에도 눈은 흔적이 없고 푸르고 높은 하늘은 더 멀고 아득해져

인생도 그럴 수만 있다면

곱게 왔다가

흔적도 아쉬움도

눈물도 없이

그럴 수만 있다면, 헤어짐에도 미련 없이

그럴 수만 있다면, 그럴 수만 있다면

가나자와의 흰 눈과 검은 기와가 서로 만나고 떠나보내듯.

P.S　　소담한 함박눈이 내리던 날 어느 해 겨울, 가나자와 고궁 앞의 운하를 거닐었다. 그때 머릿속으로 이 시를 썼다. 썼다기보다는 저절로 그려졌다는 편이 낫겠다. 그 하얀 꽃잎 같은 눈은 하늘하늘 내려 물 위에 앉자마자 흔적 없이 사라지곤 했다. 존재와 무無, 그 위에 찰나의 시간이 겹쳐지는 순간이었다. 언어도 그 찰나를 잡아내지 못하는데 하물며 그림이랴.

김

병

종

쿠바? 음악이 약이다

어느새 20년이 가까워온다. 멕시코의 칸쿤에서 밤 비행기로 아바나로 갔다. 드문 불빛, 밭들과 낡은 건물들 사이로 덜컹거리며 가는 자동차에 몸을 싣고 숙소로 가는 길. 어둠 속에서 눅진한 가난의 냄새가 묻어왔다. 그러면서 동시에 쿵쾅쿵쾅 음악도 들려왔다. 그렇다. 쿠바는 가난하다. 자연은 아름답고 기후 또한 좋지만, 물질적으로는 궁핍하다. 가난하다 보니 가계도 부족한데, 특히 생필품과 의약품이 많이 부족하다. 병원 또한 태부족이다. 아바나 같은 대도시에서도 약국이나 병원 간판을 보기가 쉽지 않다. 부족한 것투성이다. 그래도 음악은 넘쳐난다. 식당이건 카페건 춤추고 노래하는 이들을 쉽게 볼 수 있다. 온갖 종류의 결여와 궁핍의 허기를 음악이 채워주는 느낌이다. 그래서 축제의 날에나 노래 부르고 춤춘다는 통념은 오히려 쿠바에서는 정반대로 보인다. 춤출 수 없고 노래할 수 없기 때문에 오히려 춤추고 노래하는 것이다.

그곳에서는 음악이 약이다. 약국과 병원이 적은 대신 음악이 있어서 쿠바인의 건강지수는 유지되는 느낌이다. 음악이 일용할 양식이자 의약품인 것이다. 자본주의의 드높은 파고 속에서 배고픔도 아픔도 음악으로 채우고 치유하는 것. 이리 채이고 저리 밀리는 과도한 속도와 경쟁에 지친 사람일수록 쿠바로 갈 일이다. 가서 낙천적 가난에 대해 한 수 배워 올 일이다. 힘든 날들일수록 어떻게 노래하고 춤추는지를, 음악이 어떻게 일용할 양식이 되고 심지어 약이 되는지를 배워올 일이다. 그리하여 우리도 힘든 날 어떻게 노래하고 춤출 수 있는지를 시험해보는 것이다.

노래가 양식이다.
노래가 약이다.
확실히 어딘가에서는 약이다.
약이고 말고다.

김
병
종

몽환의 구름, 송화분분

어렸을 적 아름드리 노송老松이 많은 마을에서 자랐다. 소나무 아래 누우면 쏴아, 하고 지나가는 맑은 솔바람 소리도 서늘했지만, 무엇보다 봄이면 노랗게 지나가는 송홧가루가 황홀했다. 어디로부터 와서 어디로 가는지 모를 그 몽환적 노란색의 이동이라니.

훗날 식물 육종학자 정헌관 박사로부터 그 노란색의 이동에 대해 들으면서 생명의 경이에 차라리 눈물겨울 지경이었다. 송화 꽃에도 암수가 있어서 먼저 꽃을 피워 모체를 떠나는 것은 수꽃이라고 했다. 수꽃들의 발화가 가장 왕성하게 일어날 때쯤, 부드러운 바람이 불어와 그 노란색 생명체의 여행을 도와준다는 것. "바람이 임의로 불매 그 소리를 들어도 네가 어디서 오고 어디로 가는지 알지 못하나니"(《요한복음》3장 8절)라는 성경 말씀처럼 생명의 근원은 참으로 오묘한 것이다.

수꽃이 먼저 꽃을 피워 이동을 시작할 때쯤 암꽃은 비로소 조용히 발화하여 기다린다고 했다. 그런데 가급적 근친교합을 멀리하고 우성인자를 얻기 위해 수꽃들의 이동은 때로 몇 킬로미터 여행을 불사한다는 것이다. 대양을 건너고 골짜기를 거슬러 귀환하는 연어들처럼 분분히 날리는 송화들 속에도 그런 쟁투와 시련이 있다는 것. 이 부분에서는 살짝 몸서리가 쳐지기도 했다. 아아, 미세하고 오묘한 생명의 섭리여.

안타까운 것은 아주 적은 수의 꽃들만이 암수 결합하여 생명을 잉태하고 대부분은 낙화하고 만다는 사실. 방하착放下着. 이상적 만남으로 생명 유전자가 무사히 싹을 틔우면 낙락장송도 나올 수 있지만, 대부분 화롯불에 떨어지는 눈꽃 한 송이처럼 그렇게 소멸해간다. 그토록 소멸해갈 것이라면 저 노란 점들은 왜 저토록이나 아름답고 몽환적으로 태어나 떠나가는 것일까. 아름답지만 슬프다. 몽환의 구름처럼 떠가던 그 송화분분松花紛紛.

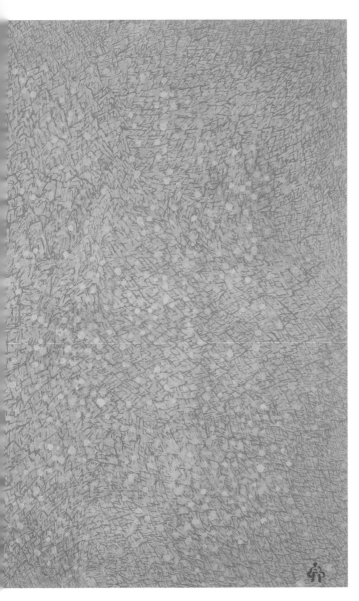

송화분분松花紛紛.
생명의 최소 단위 송홧가루.
암, 수가 있어 바람의 힘으로 제 짝을 찾아간다는 그 경이로움.
내 어릴 적 봄은 천지가 연두로 물들고 그 속에 노란 구름으로 이동하는
송홧가루의 봄.
그 봄은 어디로 간 것일까.

어떤 농부는 비바람 속에서도 씨를 뿌린다

시인 김남조 선생의 〈사랑〉 연작 시에 이런 짤막한 구절이 있습니다.

사랑은 농사, 가장 일찍 씨 뿌려 가장 늦게 거두는 농사.

여기서 '사랑'이라는 말 대신에 '교육' 혹은 '연구'나 '창작'이라는 말을 넣어도 무방하지 않을까 싶습니다. 어느 경우라 할지라도 농사에 들어가는 수고와 돌봄, 인내와 기다림이 요구되어지기는 마찬가지이기 때문입니다. 내친김에 농사 얘기를 조금만 더 하겠습니다. 아주 오래전 단위 면적당 가장 많은 벼 수확을 낸 다산왕의 기사를 읽은 적이 있습니다. 그토록 많은, 그리고 질 좋은 소출을 거둘 수 있는 비결에 대해 그이는 벼에서 눈을 떼지 않는 것이라는 인상적인 대답을 했습니다. 눈을 떼지 않는다는 것은 농부로서의 자리를 지켰다는 이야기도 될 것입니다.

오늘 대학을 떠나는 저희 또한 교육과 연구의 농부들이라고 할 수 있을 것입니다. 얼마나 선한 영향력을 끼치고 얼마나 훌륭한 인재들을 길러냈느냐고 묻는다면 자신이 없지만, 어쨌든 오늘에 이르기까지 교육 농사꾼의 자리를 지켜온 것만은 사실입니다. 서글프게도, 그냥 거기 있어야 할 곳에 있으면서 대체로 자기 일에서 눈을 떼지 않는다는 이 평범한 사실 하나도 오늘처럼 복잡다단하고 떠들썩하며 유혹이 많은 시대에는 지켜내기 어려운 덕목 중 하나가 되고 말았습니다.

뭐니 뭐니 해도 농사는 시간의 산물입니다. 뜨거운 햇빛과 세찬 비바람의 시간을 견뎌내며 열매 맺는 일입니다. 우리는 뭔가 어깨를 툭 치고 지나가서 돌아보면 벌써 저만치 과거가 되어버리고 마는 무서운 광속의 시대를 살아가고 있지만 농사만은 시간을 건너뛸 수가 없습니다. 농사 중에서도 콜롬비아의 명품 커피 우시우시 같은 것은 무려 5년여의 세월을 기다려야 소출을 본다 하는데 그마저 맛과 향이 못 미치면 갈아엎는다고 합니다. 그럼에도 불구하고 다시 5년 후를 기약하며 농부는 자리를 지킵니다. 조금 전 저희가 지나온 세월에 대해, 에둘러 미덕이라고까지 궁벽한 말씀을 드렸습니다만, 사실 교육 농사꾼의 제자리를 지키기 어려울 만치 관악의 세월은 신산한 아픔과 상처, 그리고 비바람의 세월이기도 하였습니다. 때로는 조용히 앉아 연구실을 지키는 일이 무능이나 비겁에 가깝게 비춰지기도 했으니까요.

그런데 민주화의 열망으로부터도 조국의 미래 비전으로부터도 비교적 자유로운 요즘, 이 대학 구성원들을 새로이 곤혹스럽게 하는 한 가지가 있습니다. 인접 국가는 이미 20개가 훌쩍 넘게 받아왔건만 나라로부터 온갖

김
병
종

혜택을 다 받으면서 서울대는 대체 뭐하느냐는 힐책입니다. 노벨상의 계절이 오면 우리는 소출을 못 내는 형편없는 농부가 되어 주눅이 듭니다.

그러나 생각해보면 그 인접 국가의 국보 가운데에는 반가사유상처럼 우리 나라에 이미 원형이 있는 것들이 많고, 그들이 전통으로 애지중지하는 사스마야키와 아리다야키도 사실은 끌려간 조선 도공 심수관과 이삼평으로부터 비롯된 것입니다. 예컨대 창의성이나 두뇌가 특별히 우수해서 그토록 상을 주렁주렁 몰고 오지는 않았으리라는 점입니다. 변수가 있다면, 우리가 '쟁이' 기질이라고 폄하해 마지않던 그들만의 집요한 '오타쿠' 기질 같은 것이 학문 영역에까지 스며들어 이루어낸 것이라는 점일 것입니다. 아리타에 즐비한 13대, 14대 도예점들이 이를 대변해주고 있습니다.

그렇습니다. 기다려주는 것이야말로 농부에게 힘을 실어주는 가장 좋은 방법이라고 생각합니다. 우리는 왕왕 햇빛에 익고 바람에 향기를 머금어 가는 과일을 따기보다는 물량을 퍼부어 속성 재배로 결과를 내려 조바심을 칩니다. 학문 영역에까지 이런 조급증이 확산되고 시장의 논리가 휩쓸어 왕왕 효율성이라는 미명으로 통폐합의 칼이 휘둘러지기도 합니다. 이렇게 되면 농부는 제자리를 지키기 어려울 수밖에 없습니다.

어느 외국 언론이 오늘의 한국인을 다른 혹성에서 온 신인류라고 했달 만치 우리는 경이적이고 눈부신 실적들을 내고 있습니다. 완전히 변방 의식에서 벗어나 세계 문화의 주류가 되고 있습니다. 그러나 어느 경우나 명

암이 있듯이, 속도 열차에 탄 정보기술IT 강국의 새로운 시민들은 얻은 것 못지않게 잃은 것도 많습니다. 아이부터 노인에 이르기까지 마이크가 주어져서 그 마이크가 때로 의로운 함성이 되어 지축을 울리기도 하지만, 방향 없는 분노와 소음으로 떠오를 때도 많습니다. 진솔하고 작은 목소리를 덮어버릴 뿐만 아니라 훈훈하고 따뜻한 관계들마저 왕왕 만인의 만인에 대한 적의 상태로 몰고 갑니다. 오늘날의 이 참을 수 없이 가볍고 부박한 문화는 대학 고유의 묵직한 아카데미즘마저 블랙홀처럼 빨아들여버리는 것입니다.

문예 비평가 지에르지 루카치는 오래전 "문명의 과도한 속도, 즉 영혼의 진보적 타락"이라는 예언적 언급을 한 적이 있습니다. 정말 경청할 만한 대목이 아닌가 싶습니다. 누가 있어 이 질주하는 과속 열차와 살벌한 무한경쟁의 문화를 제어할 수 있을까요. 농부의 농부된 자리를 드높은 자긍심으로 지키게 할 수 있을까요.

선배 교수님들의 고별사에 단골로 등장하는 시 구절이 하나 있습니다. "누군가 조국의 미래를 묻는다면, 고개 들어 관악을 보게 하라"는 것입니다. 지난 세월 우리 모두는 연구나 교육 못지않게 나라와 민족, 조국의 미래 같은 거대 담론에 대해서도 답변해야 했습니다. 이제 어느 누구도 조국의 미래 같은 것을 관악에 묻는 이가 없고, 오히려 이곳은 자주 비아냥과 조소의 대상이 되기도 하지만, 우리 구성원들의 의식 속에서는 이 시의 구절구절이 아직도 무겁게 짓누르고 있는 느낌입니다. 민주화의 열망 못지않게 이제는 대학이 천박한 속도 문화와 즉물주의에 대해서도 말해야 하지 않을까 싶습니다.

모두에 저는 우리를 교육과 연구의 농사꾼이라고 했습니다만 사실 떠나는 저희뿐 아니라 남아 있는 후학, 제자들도 농부라는 점에서는, 그리고 끌과 망치를 가지고 자기 앞의 삶을 쪼아가는 삶의 조각가라는 점에서는 다를 바가 없을 것입니다. 훌륭한 농부, 뛰어난 조각가가 되기 위

한 조건은 앞에 예로 든 다산왕처럼 바로 눈앞의 오브제에서 눈을 떼지 않는 일일 것입니다. 번쩍이고 떠들썩하며 화려하게 지나가는 풍경에 잠시라도 눈길을 빼앗기는 순간, 들어올렸던 망치가 자기 손을 향해 내리쳐 질지도 모르기 때문입니다.

유명 시인의 시로 열었으니 한 무명 시인의 시로 제 얘기를 갈음하겠습니다.

이곳이 차마 그리움의 대상이 될 줄 몰랐구나.

용서해다오.

나는 사랑하는 법을 몰랐고 서툴렀다.

차마 그대와 내가 연결되었으리라고는 생각을 못 했고

꽃은 스스로 피고 지는 것으로만 알았다.

P.S   이 글은 2018년 8월 31일 금요일 11시에 서울대학교 문화관 중강당에서 거행된 서울대학교 정년 퇴임식에서 42명의 서울대학교 동료 교수들을 대표해 연설했던 원고다. 만 스물아홉 강단에 서기 시작해 어언 40년 가까운 세월이 한바탕 꿈같이 흘러가고 나는 고별사를 하게 되었다. 무슨 말을 할까 뒤척이다가 아침에 써 내려간 글이다. 그렇다. 우리 모두는 학문과 예술의 씨를 뿌리고 가꾸는 농부다. 그 한 줄 생각이 번쩍 지나갔고, 그 생각을 주워 담아 글을 만들어 들고 식장으로 갔다.

김
병
종

히말라야의 소년

히말라야 설산에는 현자賢者가 산다. 세상 여러 곳으로부터 지혜를 구하러 그 현자를 찾아가는 행렬이 이어진다. 그 길은 멀고 험해 이른 봄에 출발하여 겨울에 닿기도 한다. "그대도 혹 지혜를 구하러 히말라야로 가는가." 네팔로 가는 가방을 싸는 내게 친구 P는 그렇게 물었다. 그러나 내가 그곳으로 떠나는 이유는 다른 데 있었다. 네팔 대사를 지낸 류시야 선생의 전화 때문이었다. 비전스쿨의 교사校舍 준공식이 있으니 함께 가자는 것이었다.

사연이 없지 않았다. 류 선생은 그곳 대사를 마치고 네팔을 떠나기 전 불현듯 결심 한 가지를 했고, 산지사방에 그 결심을 알리기 시작했다. "저는 가난하고 척박한 이 땅과 사랑에 빠졌습니다. 아이들의 맑고 순수한 얼굴이 눈에 밟혀 도저히 떠나지 못하겠습니다. 가기 전 학교를 하나 세우려 합니다. 도와주십시오." 나는 생각날 때마다 미미한 돈을 보내다 말다를 거듭했다.

잊을 만하면 한 번씩 설레는 목소리로 전화가 걸려오곤 했다. "학생이 70명을 넘어섰습니다. 그곳에 갈 한국인 교사를 구할 수 있을까요?" "드디어 100명이 되었네요." "이제 200명을 넘어섰습니다. 새 교실이 필요합니다. 컴퓨터가 있다면 좋겠는데요." 이런 전화를 받을 때마다 좀 성가시다는 생각과 함께 참 좋은 일을 하는 분이구나 하는 생각이 스쳐 갔다. 그러다 마침내 두 번째 교사를 짓게 되었다며 함께 가자고 했던 것이다. 그런데 권유치고는 좀 강했다. 내가 그곳에 꼭 가야 할 이유가 몇 가지 있는데 현지에 가서 설명해주겠다고 했다.

그렇게 해서 찾아간 카트만두는 수도라는 이름이 무색할 만큼 무너져내리는 듯한 풍경의 연속이었다. 가장 안쓰러운 것은 길목마다 한사코 얽혀드는 아낙이며 아이들이었다. 길고 마른 팔에 조잡한 수공예품을 치렁치렁 걸고 다가와 한사코 코앞에 들이대며 애원하는 맨발의 아낙들과 마른 몸에 슬픈 목소리로 뭐라고 얘기하며 끝까지 따라붙는 아이들…….

우리가 찾아간 학교는 먼지 풀썩이는 길을 끝도 없이 달려간 산골에 있었다. 버스가 햇빛 환한 운동장으로 들어서는데, 감색 교복 차림의 아이들이 서 있다가 우릴 맞아주었다. 한 사람씩 내릴 때마다 아이들이 노란색 천을 목에 걸어주고 꽃송이를 하나씩 건네주었다. 나는 꽃을 준 소년의 손을 잡고 운동장으로 걸어갔다. 작은 손에선 따뜻한 온기가 전해졌다. "이름이 뭐니?" 아이가 부끄러워하며 '길다' 뭐라고 하는데 잘 들리지 않았다. 긴장한 탓인지 콧잔등에는 땀이 송송 맺혀 있었다.

햇빛이 자글자글 끓고 있는데 정부 관리의 환영사는 하염없이 길었다. 평생 이분들의 은혜를 잊지 마라. 열심히 공부하면 여러분 중에 대통령도

김
병
종

나올 수 있다는 내용 같은 것이었다. 축사가 이어진 뒤 준비해 온 선물이 전달됐다. 길다에게도 공책 몇 권과 색연필이 주어졌다. 받는 길다의 손이 가볍게 떨리는 것이 보였다. "길다, 좋으니?" 물으면서 나는 무심코 열 살짜리 소년의 눈을 보고 말았다. 그런데 그 눈은 어디선가 본 듯한 눈이었다. 그 말할 수 없는 기쁨과 설렘으로 뒤엉킨 눈동자는 바로 수십 년 전 나의 그것이었다.

교장 선생님의 축사와 방문한 분의 인사말이 이어졌다. 마침내 순서가 끝나고 차에서 선물이 내려졌다. 우리는 너무 기대에 차 거의 심장이 멎어버릴 지경이었다. 옷이며 운동화와 모자, 학용품 등이 쏟아져 나왔다. 앞줄부터 한 사람씩 선물을 받았는데 처음 보는 것들도 있었다. 어떤 친구는 용도를 알 수 없는 물건 하나를 받아 그해 겨울 내내 귀마개로 쓰고 다녔는데, 나중에 보니 그건 여성용 속옷이었다.

내가 받은 건 헌 지갑과 공책이었다. 그런데 부반장 여자아이가 살며시 다가와 제 몫의 선물을 내게 내밀었다. "이건 네가 가져." 크레파스였다. 햇빛 아래 그것은 무지개처럼 빛을 뿜고 있었다. 매일 아침 일부러 학교에 일찍 나와 칠판 가득 분필로 그림을 그려대던 나를 그 아이는 보고 있었던 것이다. 내 손에 전해진 그 운명의 선물 하나. 그것은 내 생애를 결정지은 것이 되었다. 정작 그날 학교를 찾아온 분이 누구인지는 기억나지 않지만.

길다의 손은 여전히 가볍게 떨리고 있었다. 길다는 그 옛날 학교 운동장에 서 있는 또 하나의 나였다. 자꾸만 눈물이 흘러내렸다. 나는 슬며시 길다의 손을 놓고 화장실로 가 대충 눈가를 씻고 나왔다. "장차 어떤 사람이 되고 싶니." 열 살짜리 소년은 수줍게 고개를 수그리며 말했다. "선생님이요." "그래, 길다 너는 참 좋은 선생님이 될 거야." 나는 그 작은 손을 꼬옥 쥐었다.

내가 그곳에 꼭 가야 했던 이유는 곧 밝혀졌다. 청년 교사 하나가 나를 새로 칠한 하얀 벽 앞으로 데리고 갔다. "여기가 바로 선생님이 그림 그리실 장소입니다." 벽화를 그리라는 말이었다. "이 산골 아이들은 평생 바다를 본 적 없답니다. 여기다 바다를 그려주시면 좋겠어요. 그려주실 거죠?" 그는 처음에 물었어야 할 질문을 맨 나중에 하고 있었다. 그는 해맑은 표정으로 나를 바라보았고 나는 애매하게 미소 지었다.

네팔에서 돌아왔을 때 친구 P는 물었다. 히말라야 설산의 도인을 만났느냐고. 나는 히말라야에 가서 현자를 만나지는 못했다. 그러나 분명 그곳에서 누군가를 만나기는 했다. 그것은 까맣게 잊고 있던, 하지만 결코 잊어서는 안 될 내 유년의 애달프고도 소중한 얼굴이었다.

김
병
종

나의 안코라 임파로

　　그는 시스티나 예배당의 천장화 〈천지창조〉를 프레스코 기법으로 4년 만에 완성했다. 몸도 불편한 노인이 높은 비계를 오르내리며 얼굴로 뚝뚝 떨어지는 물감과 땀을 견뎌내야 했다. 작품을 완성했을 때, 그의 나이는 여든일곱이었다. 마지막으로 비계를 내려오던 날, 그는 "안코라 임파로Ancora Imparo(나는 아직 배우고 있다)"라고 썼단다. 혹은 그렇게 중얼거렸는지도.

결코 '유레카!' 같은 환호가 아니었다. 오히려 좌절, 비탄, 신음에 가까웠다. 그가 '배운다'고 한 것에 대해 후대의 미술사가들은 한결같이 천장화를 그리면서 자기만의 어떤 기법을 터득했을 것이고, 따라서 배움의 길은 끝이 없다는 겸손한 작업 메모였을 거라고 추정한다. 일정 부분 공감한다.

그러나 그의 생애는 늘 질풍노도와 맞서야 했던 생애였다. 천장화를 그리고 있는 중에도 교황은 하루가 멀다 하고 독촉했고, 동료 예술가들의 시기 질투며 모함은 사방에서 그를 찔러댔다. 그가 '배운다'라고 한 것을 나는 그래서 그가 그림이나 조각뿐만 아니라 사람에 대해서, 인생에 대해서, 신에 대해서, 삶과 죽음에 대해서, 무엇보다 자기자신에 대해서 알아

김
병
종

간다는 포괄적인 의미로 썼을 것이라고 생각한다. 무엇보다 그는 평생 자기와 투쟁한 사람이었던 까닭이다.

이탈리아에서 그의 작품들을 보고 돌아온 후, 나 역시 가끔 속으로 '안코라 임파로'를 되뇌곤 한다. 1000개의 문이 모두 닫혀버리고 홀로 캄캄한 어둠 속에 내팽개쳐지는 느낌이 들 때 되뇌는 나의 '안코라 임파로'는 그래서 마음 저 밑바닥으로부터의 절규 혹은 하늘을 향한 외마디 기도 같은 것이 된다.

이렇게 '안코라 임파로'를 내 식으로 써먹는 데는 이유가 있다. 어렸을 때부터 나는 배우고 익히는 것을 싫어했다. 쉽게 말하면 공부에 별로 취미가 없었다는 얘기다. 그림이라고 다를 리 없다. 예컨대 석고 소묘, 사군자 그리기같이 '배우는 그림'을 끔찍이 싫어했다. 미술사? '이크, 뛰자'였다. 따라서 나의 안코라 임파로는 이제라도 배워야겠다는 각오이자 탄식일 수도 있겠다. 이 나이에 무엇을 배우는가. 우선 내 내면을 응시하면서 '나'를 배우고 싶다. 누구로부터도 아닌 '나'로부터 배우는 것이다. '함부로 쏜 화살' 같은 내 마음이 어디로 가고 있는가부터 바라보며 배우는 것이다. 그러기에 작업이 벽에 부딪칠 때뿐 아니라 인생의 조각배가 세찬 풍랑을 만났을 때 속으로 탄식처럼 나만의 '안코라 임파로'를 되뇌곤 한다. 안코라 임파로……. 나는 아직도 배우고말고.

P.S   안코라 임파로.

어느덧 나의 기도가 된 이 한 줄.

김

병

종

053

생명, 길을 묻다

생전에 신화와 전설이 되는 인물이 있다. 대개는 없던 길을 내며 가는 이들이다. 가천 이길여 선생님이 그렇다. 내게는 총장님이나 회장님보다는 선생님이라는 호칭이 더 편하다. 이분과의 인연은 어느새 50년을 훌쩍 넘어섰다. 1960년대 후반 내가 살던 인천 율목동 집 아래 인천에서 최초로 엘리베이터 시설을 갖춘 건물 한 채가 들어섰다. 인천기독병원과 함께 이 건물 '이길여 산부인과'는 세워진 지 채 3년도 안 되어 인천의 명물이 되었다. 늘 사람들로 붐볐고, 그 건물을 통해 끝없이 새 생명들이 태어났다.

당시는 한 집에 예사로이 여섯, 일곱씩 아이들이 있던 다산多産 시대였다. 얼마 안 가서 그 병원에서 받아내는 아기들의 수가 한 달에 무려 몇백 명에 달한다는 믿기 힘든 소문이 돌았다. 동인천역 건너의 이길여 병원은 훗날 이어령 선생이 명명한 '생명 자본'의 산실이었던 셈이다. 그런데 이 병원이 그토록 유명해진 것은 엘리베이터가 있는 건물이라거나 초음파 심장 박동기 같은 최신식 의료 시설 때문이 아니었다. 이길여 원장에 대한 좀 특이한 소문이 퍼져 나가면서부터였다. 나는 어느 날 어머니를 통해 그 사실을 들었다.

"우리 집 아래 이길여 병원에서는 보증금 없이 입원을 시킨다는구나. 더구나 아이를 낳고서 입원비를 내지 않고 야반도주를 해도 잡는 사람이 없대. 모르는 척한다는 거지. 원장 선생님이 암암리에 지시해놓지 않았으면 가능한 이야기냐. 더구나 그분은 한밤중에도 연락이 오면 영종도까지 애를 받으러 간대. 서울대 의대 나온 그 원장님 말이다. 너도 이담에 크면 그런 훌륭한 의사 선생님이 되면 좋겠다."

나폴레옹이나 이순신 같은 역사 속의 영웅은 많아도 눈앞에서 보고 배울 롤모델은 귀하던 시절이었다. 비단 우리 집에서뿐이었겠는가. 그 무렵 밥상머리에서 아마도 나처럼 "이길여 원장 선생님처럼 되어라"는 훈도를 들으며 자란 아이들이 꽤 되지 않았을까. 그런데 오늘날 그 이길여 원장 선생님은 본인의 손으로 받아낸 셀 수 없이 많은 생명의 후손을 교육시키는 가천대학교 총장이 되어 옛날 이길여 산부인과에서처럼 교육 일선에서 진두지휘하고 있다. 나는 이 일이 '우연 같은 필연'이라고 생각한다. '생명 자본'을 꽃피우는 것은 결국 교육에 있다. 교육을 통해 자아의 성취는 물론 시대와 국가에 대한 소명에도 답할 수 있는 까닭이다. 야밤에 왕진 가방을 챙겨 들곤 밤 물살을 가로질러 아기 울음 들려오는 쪽을 향해 찾아가던 그 생명에의 경외와 열정이 오늘날 그대로 대학 현장에서 발화되고 있는 것이다.

김
병
종

이길여 산부인과는 공교롭게도 그 위치가 우리 집 아래였을 뿐만 아니라 내가 다니던 고등학교 뒤편이었다. 나는 조석으로 그 병원을 지나가야 했는데 학교에 가면 학교대로 교사들로부터 '서울대 의대 나온 이길여 원장님' 얘기가 심심치 않게 나왔다. 물론 그분들도 우리 어머님처럼 "너희들도……"라는 토를 덧붙이곤 했다. 당시만 해도 의과대학에서 여학생 보기가 귀했고 여의사 역시 보기 드문 시절이었다. 학교에 오가다 가끔 보면 현관 유리문 저편에서 하얀 가운에 청진기를 걸고 스태프와 함께 분주히 걸어가는 원장 선생님의 모습이 눈에 띄곤 했다. 지금도 가천대에 가면 캠퍼스 곳곳에서 나는 그 옛날 이길여 병원을 분주히 다니시던

구십삼 세의 이길여 총장. 그이는 삼십구 세처럼 일한다. 나와는 어언 반세기의 인연이다.

원장님의 동선이 눈에 그려지곤 한다. 공간만 확산되었을 뿐, 그 옛날의 열정과 비전과 생명의 아우라가 그대로 병원에서 캠퍼스로 옮겨져 온 듯해 보이는 것이다.

2016년, 그 옛날의 동인천역 앞 용동 큰 우물터 옆 이길여 산부인과는 기념관으로 개관했다. 그때까지 남아 있어준 그 터와 건물이 나는 참 고마웠다. 나의 옛집도, 그리고 집 가까이에 있던 일제강점기 목조 건물의 시립 도서관도 흔적 없이 사라져버렸는데, 내 10대 때 추억의 곳간처럼 병원은 그 자리를 그대로 지키고 있었기 때문이다. 그곳은 1960년대 당시 병원의 모습을 정교한 미니어처들로 재현해서 또 하나의 역사 교육 현장으로 문을 열었다. 개관 기념일에 많은 내빈들이 모인 병원 앞마당에서 인천에서 소년기를 보낸 나는 첫 번째 연사로 뽑혀 축사를 하게 되었다. 그 자리에서 나는 원고 없이 이렇게 즉흥 인사말을 했다.

오늘날 많은 이들이 가천 이길여 총장님의 불꽃 같고 기적 같은 삶을 이야기합니다. 한 개인이, 그것도 여성의 몸으로 이룬 그 눈부신 위업들은 기적이라고 말해도 손색이 없을 것입니다. 그러나 우리가 간과하는 부분이 있습니다. 열熱은 가까운 데서 멀리로 퍼져 나간다는 사실입니다. 이길여 신화의 진앙지는 바로 이곳에 세워진 그 옛날의 이 집 한 채였습니다. 환자를 어루만지던 자애로

김
병
종

운 손길, 아기를 받아내고 병원을 경영하던 모성적 리더십, 그 위에 끝없이 회자되던 감동의 소문과 이야기들이 뭉치고 퍼져 나가며 불덩어리가 되고 불꽃이 되어 이른바 이길여 신화를 이루어냈던 것입니다. 그렇습니다. 열의 전도는 이처럼 가까운 발화점으로부터 멀리로 퍼져 나갑니다. 먼 데서부터 뜨거워져서 가까운 데로 오는 일은 좀체 없습니다.

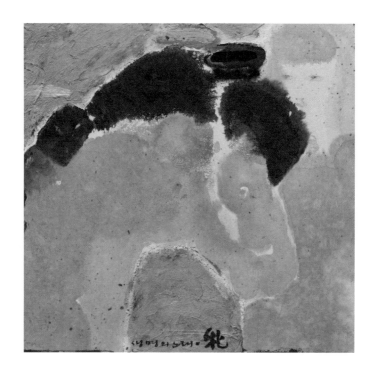

그날 많은 정치인들이 눈에 띄었다. 숱한 사람들과 더불어 악수하고 인사하며 지내기를 다반사로 하는 사람들이다. 하지만 나는 큰 꿈을 가진 이들이 그런 영혼 없는 악수며 인사보다는 가까운 데서 흘러나온 뜨거운 감동 스토리를 더 소중히 해야 멀리까지 그 기운이 퍼져 나갈 수 있는 법이라고 일러주고 싶었다. 어찌 비단 정치뿐이겠는가. 오늘날의 이길여 신화는 사실 50여 년 전에 내 어머니의 밥상머리에서 생겨난 것이며, 인천 저잣거리의 아주머니들과 나를 가르친 교사들의 입을 통해 세월을 두고 퍼져 나가서 이루어진 것이라고 나는 지금도 믿고 있다.

가천 선생님이 지닌 자애로움과 엄격함, 예리한 직관과 담대한 스케일, 미래를 꿰뚫는 비전과 통찰, 그러면서도 놓치지 않고 챙기는 섬세한 디테일은 사실 보통 사람은 흉내조차 내기 어려울 정도다. 가끔씩 생각해 본다. 가천 선생님의 그 모든 덕목들의 첫 실타래가 풀려 나온 기점이 바로 옛날 우리 집 앞의 그 이길여 산부인과라고. 밤낮없이 소중한 생명들을 자신의 손으로 받아내 처음 눈 맞추던 그 감동과 사랑이 원동력이 되지 않고는 불가능한 일이었다고. 그런 면에서 나는 10대 시절 지척에 보고 배울 만한 참으로 좋은 스승을 마음에 모셨다는 것을 행운으로 생각한다.

P.S   이 글은 가천대 이길여 총장의 대담 회고록 《길을 묻다》의 추천사로 씌여졌다. 그 어른과 나의 오랜 인연을 생각하며 나만의 '이길여 서사'를 기록했다.

김
병
종

밤중에 온 하얀 꽃

이어령 선생의 마지막 1년은 어떤 면에서 그의 전 생애를 견인할
만큼의 무게를 지닌 것이었다. 그가 보낸 지상의 시간 대부분이 문명과
생명, 그리고 시대에 대한 번뜩이는 레토릭rhetoric으로 일관된 것이었던
데 반해 마지막 1년은 비언어적 서사를 보인 '몸'의 시간이었다.

시시각각 소멸해가는 육신의 시간 너머로 황홀하게 펼쳐지는 또 다른 생
명 세계를 응시하면서, 이 언술言術의 귀재는 평생의 무기였던 언어를 놓
아버린 대신, 죽음이 곧 생명이며 새로운 탄생이라는 비언어적 알고리즘
하나를 완성하였다. 일찍이 딸 이민아 목사의 죽음을 통해 참척慘慽의 슬
픔 너머에서 새로운 생명 세계로 이동해 가는 모습을 경외감으로 바라보
았던 선생은 이를 자신의 것으로 육화시키고 체현하였다. 그가 한사코 일
체의 항암 치료나 투약을 피하려 했던 것도 맑은 정신 속에서 끝까지 진
화해가는 자기의 죽음을 바라보고 싶었던 까닭이 아니었을까.

언젠가 내게 들려준 얘기 한 토막.

세상에서는 내가 딸의 회생을 놓고 신神과 '딜deal'을 벌인 것으로
알고 있지만, 삶과 죽음의 문제가 피할 수 없는 주제로 내게 다가

온 것은 전혀 다른 각도와 방향에서였어요. 오래전 연구년으로 일본의 한 소도시에 머물던 시절, 편의점 불빛만이 새어 나오는 깜깜한 벌판의 교차로에서 신호등을 기다리는데 갑자기 형언할 수 없는 슬픔이 밀려왔어요. 하늘엔 별이 총총했는데 우주에 홀로 내팽겨쳐진 느낌이었고 간절하게 누군가의 손을 잡고 싶었죠. 그때 얼핏 내 앞으로 지나가는 신의 옷자락을 만진 듯한 느낌이었어요. 그날 밤의 그 형언할 수 없고 압도적인 느낌을 묻어두고 있었는데, 훗날 환히 웃으며 죽음을 맞아들이는 딸을 보고 문득 그것은 더는 피해갈 수 없는 주제라는 생각이 들었지요. 그런 면에서 내 딸은 불교식으로 말하자면 내 앞에서 등을 밝힌 맑은 선지식 같은 존재였던 셈입니다. 나는 영적靈的 지진아였고.

이어령 선생 작고하기 1년 전. 어떤 긴 문화 대담을 앞두고 찍은 사진이다.

어느 날 즉흥필로 그린 이어령 캐리커처.
병고가 깊을 때였지만 30대의 재기 번뜩이는 모습으로 그렸다.

선생은 세상을 떠나기 몇 시간 전 우리 집에 소담하고 하얀 양란을 보내왔다. 만나기로 한 날을 하루 비켜 먼저 떠나게 된 데 대해 양해를 구하는 의미가 담겨 있었다. 다시는 돌아오지 못할 여행의 메별사秩別辭로. 어두운 밤중에 온 희디흰 꽃은 혼백 같았다. 그날 밤, 어둠을 뚫고 온 하얀 양란은 '생은 계속된다'는 메시지 같은 것을 담고 있었다.

생의 종장에 다다랐을 때 몸은 더할 수 없이 쇠약해져서 뼈만 앙상했지만, 눈빛은 선사禪師처럼 형형했다. 그 눈 속에서 죽음에 대한 두려움의 빛이나 불안 같은 것이 보이지 않는 데 적이 놀랐다. 오히려 죽음에 대해 올 테면 오라는 듯한 자신감 같은 것이 비쳤다. "나는 가도 그 생명의 '밈'은 사방에 퍼져 있을 것입니다. 문자를 가진 자의 행복이지요." 마지막이 가까울 때에는 그런 말도 했다.

선생은 길고 오랜 투병 생활 동안 서재를 고수했다. 응접실 겸 서재를 병실처럼 쓰면서 거기서 다양한 사람들을 만났다. 세상을 떠날 때는 어땠을까. 역시 서재였다. 호위병처럼 자신을 둘러싼 책들, 특히 100권을 훌쩍 넘는 평생의 저작들과 둘러선 가족들 속에서 눈을 감았다. 선생은 평소 내게 말하곤 했다. 수많은 사람이 죽어간 병실 침대에서 죽기 싫다고. 그리고 그 바람은 이루어졌다.

평생을 인문과 사회, 문학과 예술의 경계인으로 살며 지식의 최전선에 서 왔던 선생은 이렇게 하여 생의 마지막 주제로 다시 죽음의 문제와 대면하

김
병
종

게 된 것이다. 그래서였을 것이다. 선생은 생전 유독 '생명'이라는 주제에 매달렸다. 나와 〈생명 2인전〉을 열어 시와 그림의 접점에서 함께 머문 적도 있다. 자신의 죽음으로 마침내 평생의 화두였던 생명에 방점을 찍은 이어령. 언제 다시 그와 같은 이를 만날 수 있을까. 지난 세월 그분과 함께여서 행복했다.

P.S   세상을 떠나기 얼마 전 선생이 내게 이런 얘길 했다.

일찍이 내가 예술 쪽에서 다섯 명을 점찍었는데 그들은 예상대로 모두 큰 예술가가 되었어요. 그중 한 사람이 아직 진행 중인데, 내가 눈감은 후에라도 그는 크게 이름을 떨칠 거예요. 그의 시대를 열어갈 겁니다. 그땐 내가 없겠지요. 누군가요, 그 사람, 이라고 나는 묻지 않았다. 그분의 시선이 하도 강렬하게 나를 향하고 있었기 때문이다. 생각해보면 내게 마지막 주고 간 벼락 같은 한마디였다. 그림에 지고 돌아온 날은 선생의 그 마지막 덕담을 떠올린다. 그리고 하얀 화판과 마주할 때마다 문득 그분의 그 예감을 빗나가게 해서는 안 된다는 마음을 갖게 된다. 그나저나 그 예언은 성취될 것인가. 그렇다면 언제쯤일까.

어느 날, 바보 예수

　　2018년 5월 11일부터 서울대 미술관 모아MOA에서 〈바보 예수에서 생명의 노래까지〉라는 명제의 전시가 열렸다. 내 정년 퇴임을 앞두고 일종의 회고전으로 대학 측이 마련해준 것이었다. 첫날, 옷을 차려입고 개막식에 맞춰 미술관 쪽으로 걸어가다가 현관을 앞에 두고 문득 뒤를 돌아봤다. 언제나처럼 넓고 푸근한 관악산이 눈에 들어왔고, 그 아래로 교문에 이르는 긴 가로수 길이 보였다. 그 길은 마치 희게 흐르는 강 같은 느낌이었다. 강도 참 격렬한 강이었지, 저 물결을 타고 성난 함성들이 흘러들 왔으니까 싶었다. 무성한 가로수 길의 끝머리에선 다시 샛강처럼 다른 길 하나가 합쳐진다. 40여 년 세월을 조석으로 오르내리던 미대로 가는 길이다. 별로 특별할 것도 없는 그 풍경이 아름답다고 느껴지는 순간, 울컥해지며 떠날 때가 되었구나 싶었다.

비단 그 길의 풍경만이 아니다. 그러고 보니 무심히 지나치던 길가의 나무 한 그루에까지 부쩍 애잔한 눈길을 던지게 되는 요즘이다. '나는 네가 곁에 있어도 네가 그립다'라는 시구처럼 어쩌면 대학이 내겐 그런 곳이 아니었을까 싶다. 공간이 하나의 인격체로 다가와 살포시 얹히는 느낌 같은 것을 받곤 했으니까. 그런 점에서 내 그림 역시 이 공간과 분리될 수

김
병
종

없고말고다.

〈바보 예수〉는 어느 날 석양 무렵 최루탄 연기 자욱하던 교문 쪽을 바라보며 내려오다 생겨난 산물이다. 이후의 〈생명의 노래〉 역시 후문의 교수 아파트 살던 때, 2월 어느 날 산책길에서 시작된 것이다. 연탄가스 중독으로 오래 이어지던 병원 생활에서 퇴원할 무렵에 올라간 산 중턱에서 파르르 떨고 있는 작고 여린 꽃 하나를 주목하게 되면서부터 비롯되었던 것. 그렇다고 해서 이곳이 내게 마냥 낭만과 평화투성이 장소였다는 얘기는 아니다. 평화는커녕 격렬함과 아픔이 훨씬 많은 장소였고 세월이었다.

상념에 잠겨 하염없이 교문 삼거리 쪽을 바라보다 다시 미술관 쪽으로 향하는데 유리문 저쪽에서 누군가 하얗게 웃으며 어서 걸어오라고 손짓했다. 그런데 갑자기 그 건물이 분명 캠퍼스 안에 자리하고 있었건만, 대학 저편 세계에 있는 것처럼 낯설게 느껴졌다. 그렇다. 두 개의 세계가 나누어지고 있었다. 심지어 창문도 공기도 없을 것 같은 저곳으로 들어가면 다시는 나오지 못할 것만 같다는 절망감까지 스칠 정도였다. 예기치 못한 느낌이었다. 속으로 이것이 바로 정신과 의사 어빈 얄롬이 그의 책에 쓴 소위 '분리 공포'라는 것이구나 싶었다.

《나는 사랑의 처형자가 되기 싫다》라는 그의 책에는 외로움과 소외에 대한 불안 때문에 자아自我가 더 큰 어떤 힘에 흡수되고 마침내 녹아버리기

김
병
종

를 갈망하는 60대 델마라는 여자의 이야기가 나온다. 그녀는 어느 날 남편이 아닌 키가 아주 큰 흑인과 춤을 추다 바닥에 누워 섹스를 하게 되는데, 흐느껴 울면서 그 남자의 귀에 대고 이렇게 속삭인다. "나를 죽여줘." 그녀는 자신의 에고가 해체되면서 그 무지막지한 사내의 힘에 흡수되고 마침내 소멸해버리기를 그렇게 갈망했다.

이런 에로스적 풍경과는 사뭇 다르지만 내게도 가슴속에 눈물처럼 고여 사라지지 않는 열세 살 소년의 애절함과 속삭임 같은 것이 있다. 고백하자면 열두 살 되던 해 다정했던 육친의 아버지가 홀연히 내 곁을 떠나면서부터 생겨난 분리에 대한 공포와 안타까움 같은 트라우마다. 외롭고 고통스럽고 쓸쓸한 날일수록 나는 부드럽고 크고 따뜻한 어떤 힘에 기대고 싶어진다. 그러다 그 주권적 대리자를 어느 날 골목길 작은 교회당을 찾아가 발견했고, 그의 이름이 예수라는 것을 알았다. 그러나 어쩌랴. 교회당과 화집에서 만난 예수는 한결같이 늘씬한 서양 미남자의 얼굴이었고 표정이 없었으며 창백하거나 심지어 차갑기까지 했으니.

화가 생활 내내 어떻게 해서 〈바보 예수〉라는 도발적인 제목의 그림을 그리게 되었느냐는 똑같은 질문을 무수히 받았다. 그때마다 나 역시 녹음기를 틀어놓은 듯 똑같은 대답을 하곤 했다. 나의 삶 속에 깊숙이 걸어들어와 손을 내미는 예수. 나의 눈물을 닦아주며 내 작은 고통의 소리에도 귀를 기울여주는 예수. 일찍 세상을 떠나버린 내 아버지의 대리자로서의 예수, 크고 부드러운 힘을 가진 예수, 나의 아픔뿐 아니라 시대의 상처까지 싸매고 감싸주는 예수. 그런 육친스러운 예수를 그리고 싶었노라고.

간혹 여기서 더 나아가는 질문도 있었다. 그렇다면 그 위대한 이름 앞에 '바보'라는 수식어를 붙인 것은 앞뒤가 맞지 않는 것 아니냐고. 이럴 즈음이면 나는 빈센트 반 고흐인가 누군가 했다는 '그림은 말을 넘어선다painting is beyond language'라는 유체이탈 화법으로 도망치곤 했다. 그만큼 〈바보 예수〉, 〈황색 예수〉, 〈흑색 예수〉, 〈흑색 예수, 붉은 눈물〉, 〈우는 신神〉 연작은 사적인 언어로 공적 논리화시키기에는 복잡하기 그지없었기 때문이다.

그날 현관 유리문 저편의 얼굴은 다시 어서 오라고 손짓을 하는데, 한 떼의 어린 여학생들이 서로를 부르거나 까르르 웃으며 내 곁을 스쳐 지나가는데, 나는 방향치처럼 교문 앞 삼거리에서 눈을 뗄 수 없었다. 그 순간, 번쩍이며 어디선가 최루탄이 터졌다. 이어지는 최루탄의 연발음과 함께 코끝에 매캐한 냄새가 났다. 한 무리의 구호도 들렸다. 사방에서 함부로 날아드는 휴지 뭉치처럼 구호는 함성이 되어 귓가에 가득 잠겨왔고, 최루탄의 연발음은 굉음처럼 들려왔다. 그러다가 마치 노래의 후렴구처럼 가물가물 멀어졌다. 베르그송이 말했다지. '시간은 기억'이라고. 그날의 기억은 심지어 매캐한 연기 냄새까지 느껴질 정도다.

그래, 저곳이었어. 1980년대 어느 날 석양 무렵, 미대로부터 저 교문 삼

김
병
종

거리 쪽으로 내려오다가, 자욱한 최루탄 연기와 격렬한 구호와 난무하는 돌맹이와 화염병 속, 그 허공에서 그분의 얼굴을 보았지. 그날 허공을 바라보는 순간, '바보 예수'의 표정과 얼굴이 한꺼번에 펼쳐지며 보였어. 누군가는 마치 무슨 간증을 하듯이 극적으로 말한다고 비아냥댈지 모르지만, 나도 당황했을 만치 형상은 허공에 펼쳐지고 또 펼쳐졌어. 울부짖고, 고통으로 일그러지고, 고개가 꺾이고, 무력하게 늘어진 모습. 강하고 큰 힘의 승리자 예수를 기대했건만 그날 허공에 보인 그이의 모습은 무력하고 나약한 인간 예수의 모습이었어.

2000년 전 바람 불고 흙먼지 일던 유대의 광야를 홀로 걸어갔던 예수. 혁명을 외치던 눈 붉은 군중과 막강한 로마 군대 사이에 서 있었던 예수. 그 예수가 최루탄과 화염병의 저 삼거리에 다시 온다면 어떤 모습이고 무슨 말을 할 것인가에 대한 답이 그날 그 허공에 펼쳐지던 형상들로 돌아왔던 것이다. 그래서 〈바보 예수〉가 어떻게 나왔느냐고 누가 다시 묻는다면 그날 허공에서 보았던 형상들을 작업실로 돌아가 복기하며 그려댄 것이었을 뿐이라고밖에는 말할 수 없다.

그날 나는 해결자 예수, 위대한 예수, 승리자 예수를 기대하며 일종의 실존적 물음을 던졌다. 그 위대한 분에게 기대고 싶었던, 그리하여 나의 에고가 그분의 그 위대성에 행복하게 흡수되어버리기를 기대하면서. 그러나 안타깝게도 내 붓끝에서 나온 예수는 슬픈 예수, 고통받는 예수, 무기력한 예수, 심지어 바보스럽기까지 해 보이는 예수였다. 그날의 그 모습들이 실상 그분의 실체와는 너무나 거리가 먼 아픈 시대상과 오버랩시킨 내 자아의 투사였을 뿐임을, 격렬한 1980년대를 지나온 상처 입은 나의 다른 모습이었을 뿐임을 알게 된 것은 오랜 세월이 흐르고 난 뒤였다.

그런데 이렇게 해서 세상에 보여진 〈바보 예수〉에는 유난히 많은 곡절과 사연이 따라붙었다. 〈바보 예수〉 연작으로 개인전을 연 것은 1989년 가을인데, 뜻밖에도 적잖은 기독교인들이 신성모독이라며 불쾌감을 표시했다. "저러다 무슨 일을 당할 것"이라는 말까지 나올 정도였다. 하지만 나는 나의 진심을 예수, 그분만은 아시리라고 생각했기 때문에 이런 반응에 괘념치 않았다.

문제는 개인전이 끝나고 이어진 불의의 사고였다. 그때 나는 또 다른 전시를 준비하며 동시에 《서울대 미대 45년사》라는 책을 집필하고 있었는데 작품도 원고도 초읽기에 내몰린 형편이었다. 학교 정문 가까이 열악한 고시촌에 방 한 칸을 얻어 글을 쓰면서 동시에 그 옆집 차고를 작업실로 빌려 그림까지 그려야 했다. 그러던 어느 날, 그 세 든 방에서 잠을 자다가 그만 연탄가스에 중독되었고 서울대 병원에 실려 가 생사를 넘나드는 험한 수술을 연거푸 받아야만 했다. "무슨 일 나지……" 했던 쪽에서 보면 아귀가 딱딱 들어맞는 셈이었다.

이런 수난의 〈바보 예수〉 연작이 대접받은 것은 오히려 유럽 쪽에서의 초

김
병
종

대전이었다. 독일의 구아르드니 미술관 프레데르시아 갤러리 등에서 펼쳐진 개인전을 〈테겔〉이나 〈북스브라트〉, 〈베를린 모닝 포스트〉 같은 신문이나 방송에서 일제히 대서특필로 호평을 해주어 서울에서 받았던 상처의 상당 부분을 아물게 했다. 그러다 2004년 광주 비엔날레에서는 70여 미터의 광대한 벽이 내게 주어져 수십 점의 〈바보 예수〉, 〈흑색 예수〉 연작을 다시 내걸게 되었다. 문제는 2015년 베이징 진르 미술관에서의 초대 개인전에서 다시 불거졌다. 작품을 선정하기 직전에 중국 정부로부터 특정 종교색이 짙다는 이유로 전시 불허의 통지가 날아온 것이다. 나의 〈바보 예수〉는 '수난의 예수'이기도 하다.

어쨌거나 이제 그 아픈 세월은 가고 작품만이 남았다. 언젠가 예수의 부활처럼 〈바보 예수〉도 어둡고 습기 찬 창고에서 걸어 나와 햇빛 쏟아지는 광장에 내걸리기를 기대해본다.

어머니,
이제는 내 나라로 가야 할 시간입니다

　　미켈란젤로의 피에타 3부작 중 이제 마지막 〈미완성 피에타〉 앞에 섰다. 작품이 전시되어 있는 스포르체스코 성은 화려함을 극한 성당이나 미술관, 박물관에 비해 무채색의 느낌으로 다가왔다. 유별난 장식들도 없고 다분히 금욕적이다. 마치 오래된 목조 주택의 학교 같은 이곳이 왠지 편안했다.

그런데 창녀 마리아의 남루한 조각상을 지나 〈미완성 피에타〉 앞에 섰을 때 갑자기 눈시울이 뜨거워졌다. 예기치 않게 춤추는 이 감정의 변주는 무엇이었을까. 그 수많은 걸작을 지나 왜 하필 이 〈미완성 피에타〉 앞에서 울컥했던 것일까. 스물네 살 청년이 만든 그 숨 막힐 듯한 기교와 완벽한 구도의 성 베드로 성당 〈피에타〉에서는 못 느꼈던 감정이다(하긴 성 베드로 성당의 〈피에타〉는 겹겹이 쌓인 관람객들 때문에, 그리고 다음 작품으로 이동해야 하는 까닭에 그의 아우라를 음미할 겨를이 없긴 했다). 어쩌면 그것은 〈미완성 피에타〉와 겹쳐서 순간적으로 곤고했던 미켈란젤로의 생애가 떠올랐기 때문이 아니었을까 싶다.

세상을 떠나기 나흘 전까지 그는 이 작업에 매달렸다고 한다. 지상을 떠

김
병
종

나갈 시간이 임박했음에도 불구하고 그는 차마 끌과 망치를 놓을 수 없었던 모양이다. 어쩌면 생애의 마지막 나날은 피에타를 완성해야만 한다는 절박감 때문에 이어진 것일 수도 있을 것이다. 일평생 여인의 따뜻한 손길 한 번 체험하지 못한 채 끌과 망치가 아내요 자식이었던 삶이었다. 그 〈미완성 피에타〉 앞에서 나는 내게 주어진 시간들을 함께 생각했던 것 같다. 나의 날은 얼마나 남았을까.

성경은 우리에게 "날日 계수(계산)하는 지혜를 가지라"고 했다. 우리에게 빌려준 시간이 차면 그 주인이 다시 찾으러 오리라는 것이다. 그리고 그 시간이 되면 하던 일을 미완성인 채로 두고 자리에서 일어서야 한다. 그래서 사제들은 '메멘토 모리 Memento mori', 죽음을 기억하라며 헤어지는 인사를 나누었을 것이다. 끝을 기억하라. 우리 모두는 무언가를 하지만 결국에는 미완성인 채로 이 생을 끝마치게 될 것이라는 의미.

전기 작가 로맹 롤랑은 《미켈란젤로의 생애》에서 그를 일종의 '일 중독자'로 묘사했다. 동시에 어떤 사제보다 더 많이 금식하고 기도했던 사람으로 그렸다. "나는 과거의 어느 누구도 할 수 없었던 일을 뼈가 부서지도록 해야 한다. 밤이나 낮이나 일 이외의 것은 생각지도 못한다." 저자는 그가 종종 침식寢食의 시간마저 잊어버릴 정도로 죄수 같은 삶을 살았다고 썼다. 심지어 옷을 입고 작업화를 신은 채 잠들곤 했을 정도였다. 좋은 대리석을 보면 일 욕심 때문에 우선 계약부터 해놓았다가 지키지 못하기 일쑤였고, 돌산 전체를 조각하고 싶다고 하는가 하면, 교회고 궁궐이고 자신이 다 할 수 있다고까지 했다고 한다.

…… 지난 12년 동안 피로에 지쳐 식사도 제대로 하지 못했습니다. (게다가) 여러 가지 괴로움에 시달리고 있습니다. …… 나는 비참합니다.

김
병
종

한 편지에 그는 그렇게 썼다. 일종의 조울 상태가 계속되었던 것 같다. 일하다가 마른 빵 한두 조각에 와인 한 잔 정도를 먹는 것이 그의 식사였다. 놀랍게도 이런 빈약한 영양 상태와 병약한 몸으로 초인적인 작품 양을 소화해냈으니, 실로 불가사의한 일이다. 그림과 조각과 건축, 그리고 300여 편에 이르는 시까지. 그는 그야말로 르네상스적 전방위 예술가였다.

이 불세출의 천재는 그러나 자신이 조각가나 예술가로 불리는 것을 끔찍이 싫어했다고 한다. "나는 조각가 미켈란젤로가 아니다. 어디까지나 미켈란젤로 부오나로티일 뿐이다"라고 말하곤 했는데, 그것은 자신이 하고 있는 조각이나 회화의 위상이 가문의 그것만 못하다는 생각 때문이었다. 동시에 그의 서신은 늘 "나는 비참하다", "나는 괴롭다", "모두들 나의 죽음을 바라고 있다", "나는 적들에게 둘러싸여 있다" 식으로 시종하는데, 신경증과 광기와 강박, 그 위에 작업에 대한 과도한 열정으로 종종 자신을 극한까지 몰고 갔던 것이다. 미켈란젤로야말로 죽음으로 어머니의 품에 안긴 예수처럼 마지막 피에타를 완성하지 못한 채 손에서 망치를 툭 떨어뜨림으로써 비로소 안식과 평안으로 들어갔다.

탁월한 미술사학자이자 문학가인 토마스 기르스트는 말했다. "50년, 100년 후에도 불멸의 작품으로 남아 있을지 결정하는 것은 오직 후대일 뿐"이라고. 미켈란젤로는 일평생 숨 가쁘게 돌을 쪼고 그림을 그리며 자신만이 체험한 실패와 성공의 뒤안길에서 놀라운 집중과 정신력으로 걸작들을 만들어냈다. 날마다 자기만의 지하로 내려가 끌과 망치를 들면서 저 '스프레차투라Sprezzatura(무심과 고요)' 속에 스스로를 유배시켰던 것이다. 그가 후대의 평가에 집착했던 것 같은 기록이나 흔적은 어디에도 없다. 프리드리히 니체는 말했다. "번갯불을 일으키려는 자는 반드시 구름으로 오래 머물러 있어야 한다"고. 미켈란젤로야말로 폭풍과 고요의 구름 속에 오래 머물러서 섬광과 불빛을 일으킨 사람이다.

P.S   2021년에서 2022년 사이에 54개의 석채화를 그리면서 가장 많이 생각한 것이 미켈란젤로였다. 마치 요가를 하듯 몸을 비틀고 눕고 엎디고 하며 붓질을 할 때마다 여기저기서 몸이 비명을 질러댔고 그때마다 나는 천장에서 뚝뚝 떨어지는 물감을 견디며 까마득한 높이에서 그림을 그렸을 그를 떠올렸다. 폭풍과 고요의 그 예술가가 부실해지는 내 마음 한쪽을 지탱해주게 될 줄이야.

김
병
종

꼬마 김씨

어느 늦은 가을, 어릴 적 다니던 교회에 가서 예배를 드린 적이 있습니다. 교인들은 대부분 농부와 그들의 식솔이었는데, 오십 석쯤 되는 예배당에는 간혹 어릴 적 보았던 분들이 계셨습니다. 서른 해 전에 지금의 나보다 더 젊었던 분들이 할아버지가 되어 있었고, 내가 어릴 적 노인이셨던 분들은 찾아볼 수 없었습니다. 사람, 있다가 없는 존재.

그중 '꼬마 김씨', 학교 앞에서 리어카를 끌던 그 아저씨가 보였습니다. 어렸을 적에는 교회에서 그분을 보지 못했는데, 언제부터 교회에 다녔는지는 모르지만 내가 예배에 참석한 날, 꼬마 김씨 내외도 보였습니다. 참 반가웠습니다. 꼬마 김씨는 키가 백오십 센티미터쯤 되는 분입니다. 그리고 그분의 아내는 또 그보다도 십 센티미터쯤 작습니다. 그래서인지 어렸을 적 어른 애 할 것 없이 그분을 '꼬마 김씨'라고 불렀습니다.

그날은 예배 후 추수감사절을 기념해 어린이 연극이 있었습니다. 꼬마 김씨 내외는 즐거워하면서 그 연극을 보고 있었습니다. 그런데 얼마 후 꼬마 김씨는 자리에서 일어나고 싶어 하는 것 같았습니다. 그는 자기 아내 쪽을 바라보며 엉거주춤 자리에서 일어나려 했습니다. 그때 뒷좌석의 할머니 한 분이 엄한 표정으로 가만 앉아 있으라고 하자 다시 자리에 앉았습니다.

한 프로그램이 끝나고 막간에 다시 꼬마 김씨는 미안한 듯한 얼굴로 자리에서 일어나려 했습니다. 아마 집에 손님이라도 오기로 한 듯싶었습니다. 이번에는 할머니가 뒷좌석까지 소리가 들리게 을러댔습니다.

"왜 일어났다 앉았다 하는 거야? 주제에 뭐 바쁜 일이 있다고……."

꼬마 김씨는 더욱 미안한 듯 웃으며 뒤를 돌아보고 뭐라고 입을 달싹였지만, 할머니는 다시 짜증을 냈습니다.

"가만 앉아 있어!"

그러자 꼬마 김씨와 그의 아내는 다시 자리에 앉고 말았습니다. 그때 나는 희미한 흑백사진처럼 옛날 일 한 토막이 떠올랐습니다. 마흔 해 전, 내가 초등학교 5학년 무렵이었을 때의 일입니다. 꼬마 김씨는 그때 내가 다니던 초등학교의 용역으로 가끔 불려 왔습니다. 그런데 꼬마 김씨가 학교 용역으로 일을 도와주던 날, 학교에서 도난 사건이 있었습니다. 창고에 두었던 밀가루 두 포대가 없어진 것입니다. 파출소에서 순경이 왔습니다. 순경은 몇 사람의 얘기를 대충 듣고 나서 꼬마 김씨를 불렀습니다. 그는 우선 와들와들 떨고 있는 꼬마 김씨의 뺨을 냅다 후려쳤습니다. 그런 다음 멱살을 쥐고서는 날카롭게 쩌려보며 말했습니다.

"새끼, 너지?"

김
병
종

꼬마 김씨는 캑캑거리며 잔뜩 겁을 먹었지만, 아니라는 말을 못 했습니다. 아이들은 운동장에 모여 모두 숨을 죽여가며 그 광경을 바라봤습니다. 그때 뚱뚱한 서무주임이 어색하게 웃으며 운동장으로 걸어와 순경에게 뭐라고 설명했습니다. 아마 밀가루 포대를 잘못 계산한 것 같다고 말하는 것 같았습니다. 꼬마 김씨가 범인이 아닌 게 분명했습니다. 꼬마 김씨가 영문을 몰라 우물거리자 "빨리 못 꺼져?" 하고 순경은 손을 을러멨습니다. 꼬마 김씨는 그제야 안도하는 얼굴로 도망치듯 빠른 걸음으로 그곳을 빠져나갔습니다.

교회 행사가 끝났을 때, 나는 꼬마 김씨 내외를 뒤따라가다가 "김씨 아저씨!" 하고 불렀습니다. 내 목소리가 조금 컸던지 김씨가 흠칫 놀라 나를 바라보았습니다. 조금은 불안한 기색이었지만 이내 온 얼굴이 평화스럽게 되었습니다. '세상에 어쩌면 저렇게 어린아이 같을 수가……' 하고 나는 속으로 놀라지 않을 수 없었습니다. 꼬마 김씨 부인은 남편 뒤쪽으로 몸을 반쯤 가리며 나를 한 번 보고는 눈을 내리깔았습니다.

나는 미안해져서 "안녕하세요?" 하고 웃어 보였습니다. 꼬마 김씨 내외는 그제야 얼굴에 웃음을 가득 지어 안심하며 기분 좋아했습니다. 꼬마 김씨 부인은 얌전하게 깊이 머리를 숙여 내게 절을 했습니다. 나는 딱히 할 말이 없어서 안녕히 가시라고만 일렀습니다. 작별하고 나서 길을 건너 저만큼 걸어가는 꼬마 김씨 내외를 나는 물끄러미 바라보았습니다. 괜시리 눈물이 그렁해졌습니다. 가로수에 마지막 남은 잎들이 떨어져 도로에 굴러다녔습니다. 꼬마 김씨 내외는 내가 다녔던 초등학교 앞길을 막 지나가고 있었습니다. 옛날 그대로 자박자박 어린아이 같은 걸음걸이였습니다. 그제야 나는 문득 그가 성자聖者라는 것을 깨달았습니다. 내 청년기에 아주 유명한 사람들의 얼굴이 내 삶의 앞을 지나갔습니다. 유명한 화가, 유명한 정치인, 유명한 기업가, 유명한 종교인, 유명한 누구, 유명한, 유명한……. 이런 식으로 말입니다. 그들은 한동안 내 눈앞을 어지럽게 했습니다. 높은 목청들이 내 귓가를 때렸습니다. 그 모든 주의 주장들이란 결국 내가 옳다는 것들이었지요. 그러나 마흔 살이 넘어서면서 나는 내가 목표로 하는 인간상을 교정하게 되었습니다. 예술이나 지식으로 쌓아 올린 인간상은 차라리 쉬웠습니다. 꼬마 김씨는 그런 인물들과는 전혀 다른 피안彼岸에 있는 그런 분이었습니다. 나는 그분의 얼굴에서 차라리 아득한 절망을 느꼈습니다. 너무나 접근하기 어려운 먼 거리에 서 있는 것으로 생각되었기 때문입니다. 그분은 오랜 세월 누워 자지 않았다거나 하는 수행의 공적을 가지고 있지는 않지만 왜 그런지 자꾸 가마득한 먼 곳에 서 있는 모습으로 떠오르는 것입니다. 그것이 아득히 먼 거리이기는 하지만 이제라도 진정 나는 내가 되고 싶은 얼굴의 초상 하나를 새로 얻은 것이 그나마 참 다행이라고 생각됩니다.

연자 누나

2022년 봄, 드디어 연자 누나와 통화가 이루어졌다. 따져보니 55년 만의 통화였다. 그리고 이것이 첫 통화이자 첫 대화이기도 했다. 드디어 누나와 대화하게 되었구나. 나는 전신에 맥이 풀리는 느낌이었다. 연자 누나는 나보다 다섯 살 위인 내 손위 누나의 여고 동창생이자 내가 다니던 고향 교회의 청년 성가대원이었다. 연자 누나의 소식을 나는 50년 넘게 찾았지만 도무지 알 길이 없었다. 만만한 내 친누나만 들들 볶다시피 했지만 알 수 없다는 대답만 돌아오곤 했다. 그녀가 졸업한 학교의 서무실까지 알아보았지만 종적이 묘연하기는 마찬가지. 그러다 문득 생각해보곤 했다. 나는 왜 열다섯 살 때 보았던 그 교회 누나의 소식을 이토록이나 궁금해하는 것일까. 그것은 어쩌면 나의 과거에 대한 실재의 한 토막을 복원하려는 무의식의 작용 때문이었을 것이다.

연자 누나와 통화가 이루어졌을 때의 그 기이한 안도감은 비로소 그녀의 실존으로 내 안의 그림 하나가 복원되는 느낌이었다. 그 기억 속의 그림이란 대충 이렇다. 고색창연한 역사驛舍 마당을 가로지르면 복지다방이 있고, 그 복지다방을 끼고 골목으로 들어가면 거기서부터 일본인 시야 씨의 대저택 석조 담이 시작되는데, 어린 시절 그 집 대문은 경복궁 문만큼

김
병
종

이나 크게 느껴졌다.

시야 씨는 일본인이지만 덕망이 높은 지식인이라고 했는데, 특이하게도 해방이 되고서도 한동안 그 집에 머물렀다고 했다. 그만큼 그 집을 아꼈던 것이리라. 아무도 야밤에 그 집에 돌멩이를 던진다거나 하는 일이 없었을 뿐더러, 해방 후에도 한동안 평소처럼 지내다가 동네 사람들과 아쉬운 작별을 하고 일본으로 돌아갔다 했다.

그 집에 살던 연자 누나네가 떠나고 난 지 얼마 후 시야 고택이 새로 들어선 공수여단의 여단장 숙소가 되었다는 소식이 들려왔다. 내가 마지막 갔을 때는 집이며 담이 모두 헐리고 낙락장송들 역시 뽑혀 나간 뒤였다. 무슨 공동주택인가를 짓는다고 땅을 파고 있었다. 내 마음속 집 한 채가 무너지는 슬픔을 안고 돌아왔다.

당시 대문의 다른 편 석조 담이 끝나는 지점에는 역시 돌로 지은 거대한 교회, 동북교회가 있었다. 북한에서 내려온 피난민들이 중심이 되어 지은 기념비적인 건물이었다.

교회를 오가다가 가끔 반쯤 열린 대저택의 대문 사이로 보면 담밖으로까지 슬며시 고개를 내민 낙락장송 사이로 시야 씨가 가꾸었을 듯한 푸르스름한 이끼의 태정 苔庭(이끼 정원)이 보였다. 가끔 삐걱하는 소리와 함께 장중한 적송 대문이 열리면서 잘 차려입은 예쁜 자매들이 나오곤 했다. 내 기억에 연자 누나 밑으로 인자, 현숙 자매들이 있었다. 한결같이 기품

있고 예쁜 얼굴들이었다. 하지만 내 관심은 초지일관 큰언니인 성가대의 연자 누나였다.

교회 빼먹기를 밥 먹듯 하여 어머니의 속을 썩였던 내가 어느 날부터 주일 예배는 물론 수요, 금요 예배에다 부흥회까지 참석하고, 그것도 일찍 와서 성가대 가까운 앞자리에 앉곤 했을 때 내 어머니는 드디어 오랜 기도가 응답을 받은 것이라고 기뻐하셨다. 그토록 교회에 열심을 낸 이유가 성가대의 연자 누나를 보기 위해서라는 것은 아무도 모르게 내 안에 꼭꼭 숨겨둔 비밀이었다.

아, 딱 한 사람, 비밀을 털어놓은 동섭이라는 친구가 있었다. 그는 내가 다니는 곳이면 어디든 졸졸 따라다녔는데 비가 추적추적 내리던 어느 날 어느 집 처마 밑에선가 나는 그에게 사실은 고3인 교회 성가대 누나를 좋아하고 있다고 고백하였다. 네 살인가 다섯 살 위인 그 누나와 결혼하고 싶은데 어떻게 하면 좋겠느냐고 하자 그는 눈을 동그랗게 뜨고 나를 빤히 바라보았다.

"지금?"

"응. 지금."

내가 비장하게 말하자 그가 본인의 생각이라며 떠듬떠듬 말했다.

"우선…… 고등학교부터 가는 게 어떨까."

나는 짜증을 내며 그런 뻔한 대답을 뭐하러 하느냐고 했다. 가끔 중학생이나 고등학생들이 어른들이 보기엔 아주 사소한 문제, 예컨대 시험이나 수능을 망쳤달지 하는 문제로 극단적 선택을 했다는 기사 같은 것을 보면 나는 열다섯 살 무렵을 떠올리곤 한다. 누구나 그때는 그때의 세계가 있는 것이다.

풍경의 다른 한 축에는 복지다방이 있다. 그 앞을 지나가면 곱게 한복을 차려입은 마담이 끓이는 쌍화탕 냄새가 풍겨나곤 했다. 그 시절 나는 서울에서 미대를 마치고 온 중근이 형(지금은 코스타리카에 이민 가 있다)에게 그림 지도를 받곤 했는데, 어느 날 그 다방에 다녀온 중근이 형이 마담과 얘기가 잘 되었다며 둘이 기간을 나누어 개인전을 하자고 했다. 그와 함께 따로 그림 몇 개 가지고 마담을 찾아가 보여주라고 했다.

다방을 들어가보기는 처음이었는데 마담은 무심한 표정으로 무쇠 난로 옆에 앉아 있었다. 한참 동안 가져간 그림을 심드렁하게 살펴본 다음 내 얼굴을 보더니 넌 왜 광한루는 안 그리고 이런 요상한 걸 그리냐고 물었다. 어쨌거나 〈혹惑〉이라는 이름의 내 생애 첫 개인전이 그곳에서 열렸다(여자의 얼굴을 울긋불긋 그린 그 개인전과 함께 어린 소년에게 오뉴월 소낙비처럼 쏟아진 비난을 여기 다시 적고 싶진 않다).

복지다방을 돌면 갈매기 빵집이 있었다. 노부부가 운영하는 그 집 앞에는 늘 가마솥에서 만두를 찌는 김이 풀풀 나고 있었다. 특히 단팥죽이 최고의 인기 품목이었다. 학교에서 돌아오는 길에 그 단팥죽 한 그릇을 사 먹

으면 나머지 시간이 내내 행복했다.

어쨌거나 우아하고 고색창연한 남원 역사와 그 맞은편 복지다방, 그리고 일본인 시야 씨의 저택과 갈매기 빵집, 높다란 석조건물의 교회당과 그 교회당 종탑에서 뎅경뎅경 울리는 종소리 같은 것들이 내 유년의 감성을 뒤흔든 풍경이다. 그리고 그 한가운데 하얀 성가복의 연자 누나가 있다.

한 가지 빼먹었다. 복지다방에서 멀지 않은 곳에 있던 명문당 인쇄소. 그 인쇄소에서 나는 시 삼십여 편을 찍어서 몇몇 친구들에게 나누어주었는데, 굳이 그렇게까지 한 이유는 당시 우리 사이에서 시의 천재로 운위云謂되던 전주북중 이정우라는 친구(실제로 만난 적은 없지만 그가 쓴 시는 여러 편 보았다)와 진검승부를 하기 위해서였다. 내 시를 읽은 이정우가 연락해 오기를 은근히 기다렸지만 친구 편에 보낸 내 시는 전달이 되기나 한 것인지 묵묵부답이었다. 또 하나 가슴 아픈 묵묵부답은 연자 누나의 집 대문으로 슬쩍 밀어놓은 기나긴 나의 편지였다. 아무리 기다려도 일절 소식이 없었는데, 이후 우리 집은 인천으로 옮겨 가게 되었다.

그런데 오십여 년이 흘러 연자 누나와 통화가 이루어진 날, 이번엔 내 누나가 내게 전화를 해왔다.

"김 교수, 이제 소원을 풀었지? 근데 미안해서 어쩌나. 내 친구 연자가 아예 자네의 존재 자체를 모르더라고. 그런 아이가 기억에 없대." 누나는 쌤통이라는 식으로 놀렸지만 나는 속으로 벙그레 웃었다. 누님, 중요한 것은 내 마음의 그림 하나가 완성되었다는 그 사실입니다. 그 누나가 내 존재 자체를 몰랐다는 것이 조금은 섭섭할 수 있지만 그래도 나는 그 옛날 성가대의 그 누나, 홀연히 하늘로부터 내려온 듯한 하얀 성가복의 그 누나가 실존으로 나와 통화한 그것만으로도 만족합니다. 그로써 내 과거의 한 토막이 오롯이 현존되는 것이니까요.

시야 씨의 대저택도 복지다방도 갈매기 빵집도 사라져버린 중에 연자 누나의 맑은 음성을 듣게 되었으니 그림은 복원된 셈이었다. 어쨌거나 속절없이 무너지고 사라져가는 속에서 내 마음의 연자 누나가 나와 정겹게 통화했다는 사실만으로도 나는 행복했다. 물론 내 누님이 내 그런 속뜻을 헤아릴 리 없었다.

얼마 전에는 내가 4학년까지 다닌 송동초등학교를 둘러보았다. 고맙게도 거의 옛 모습 그대로였지만 학생 수는 손에 꼽을 정도여서 곧 문을 닫게 될 거라는 설명이 있었다. 속으로 제발 이 자리에 이대로 있어다오, 싶었다. 내가 멱 감던 실개천도 옛 모습 그대로고 집까지 오가던 샛길 역시 그대로 있어서 가슴이 두근댔다. 가을 꽃처럼 감나무에는 홍시가 매달려 있었고, 누런 벼들이 차지게 출렁대고 있었다. 가을 햇빛을 등으로 받으며 먼발치로 내가 살던 솔밭 사이 작은 마을을 보고 돌아섰다.

해가 설핏하면 저곳의 문 앞에서 깨끗한 두루마기 차림으로 날 기다리시던 아버지. 그 아버지를 향해 손을 흔들곤 했는데, 내가 5학년이 되던 해 갑자

김
병
종

기 세상을 떠나가시고 말았다. 나는 이후 침울한 문학소년으로 돌변했다. '싸가지 없는 그림'을 내건 개인전 사건으로 사람들이 수군대기 시작하자 나는 자폐아처럼 문 닫아걸고 책 읽기로만 빠져 들어갔던 것이다. 예컨대 스스로 '왕따'가 되어버렸지만 또래 아이들이 우스워 보였고, 왕은 따로 논다는 자존감 같은 것이 있었다. 지금 생각해보면 중2병 같은 것일 터였다. 하지만 돌이켜 보면 나의 작품 〈바보 예수〉는 저녁이면 뎅겅뎅겅 울려 퍼지던 동북교회의 종소리로부터 시작된 것이었으며 〈풍중〉, 〈화홍산수〉, 〈송화분분〉 역시 내 유년의 기억 창고에서 퍼 날라 온 것들에 불과하다. 가끔씩 그 기억 속의 땅을 현실로 걷는 일의 황홀함은 아무도 모르는 나만의 비밀이다. 그 비밀한 기억의 한 자락 속에 있던 연자 누나와 통화하던 날, 내가 세월을 훌쩍 건너뛰어 열다섯 소년이 되었음은 물론이고말고다.

이탈리아의 철학자이자 미학자 조르조 아감벤은 예술에 있어서 독창성이란 세상에 유일무이한 것이라거나 다른 것들과 다르다는 의미 이상이라고 말한 바 있다. 독창성이란 한 예술 작품을 만들어낸 예술가가 자기만의 오리진Origin을 가지고 있는가, 그리고 자신의 작품이 그 근원의 오리진에 닿아 있는가의 문제라고 했다. 그는 또한 시간 속에서 매 순간 스스로의 과거와 미래를, 옛것과 새것의 화해를 중재하는 것이 '미학'이라고도 했다. 보들레르는 어땠는가. '또다른 세상에서만 완벽하게 현실인 것이 시詩'라고 하지 않았던가.

김
병
종

나의 고유한 오리진, 나의 과거와 현재를 연결시키는 중재는 내가 밟고 돌아온 땅의 장소성뿐 아니라, 살랑거리는 수만 개의 댓잎 소리, 시각을 청각화시키도록 포위해 오는 그 댓잎들의 소용돌이며, 아직도 봄이면 분분히 날리는 송홧가루 같은 것들이다. 그중에 과거를 현재로 불러내는 연자 누나의 목소리도 있음은 물론이다.

최재천

김병종

하나를 위한 이중주

대담 진행 양영은

양영은 　오늘 이 자리에서는 생명을 주제로 김병종 가천대 석좌교수, 최재천 이화여대 석좌교수 두 분과 대담을 나누게 됐는데요. 여기 오면서 생각해봤습니다. 어떻게 이 문을 열어야 할까. 일단 간단한 몸풀기 질문으로 한번 시작해볼게요.

저는 사람이 옷을 입는데 많은 게 반영된다고 생각하는 사람입니다. 그동안 두 분 교수님을 뵐 때마다 옷차림이 다른 듯하면서도 그 안에 일관성이 있다는 생각이 들었어요. 스티브 잡스처럼 맨날 똑같은 옷을 입는 건 아니시지만, 뭔가 환경과 생명에 대한 교수님들의 아이덴티티가 들어 있다는 생각을 했습니다. 오늘도 옷을 어떻게 입고 오실지 궁금했는데, 교수님들만의 아이덴티티가 옷차림에서 드러나는 것 같아요. 그래서 오늘의 몸풀기 질문으로 두 분의 옷 입는 철학을 물으며 시작했으면 좋겠어요.

김병종 　이거 뜻밖의 질문이네요. 이럴 줄 알았으면 좀 잘 차려입고 올걸. 저는 코로나가 발발하기 직전까지 이탈리아 10개 도시를 여행하고 있었는데 패션의 본산 밀라노에 머물 때 좀 특이한 점 몇 가지를 발견했습니다. 유난히 스타일리시한 중장년과 초로初老의 남성들이 많이 눈에 띈다는 점이었어요. 길거리 양품점 중에는 압도적으로 남성복점이 많았고,

쇼핑 센터나 백화점에서도 남성복 매장이 먼저 보였습니다. 한마디로 세상의 모든 멋쟁이 남자들이 그 도시에 모여든 듯한 느낌이었습니다. 진정한 남성미의 아우라가 발산되기 위해서는 잘 나이 들어가야 되는구나 하는 생각과 함께 옷을 잘 입는 것도 중요하다는 생각을 하게 됐지요. 호텔 라운지나 레스토랑, 성당이나 박물관에서 본 멋있는 남자들에게서 한결같이 인생의 연륜과 깊이감이 느껴졌으니까요. 젊을 땐 뭘 입어도 젊음 자체가 발산하는 기운 때문에 어울리지만, 나이 들어갈수록 의상에서 삶의 이력서가 보이는 경우가 많아요.

제 경우, 미술을 하다 보니까 결국 옷이 그 사람의 인격이고 성품을 보여줄 뿐 아니라 그 사람이 가지고 있는 아름다움의 척도까지도 드러낼 수 있는 게 아닐까 생각하게 됩니다. 이것이 은근히 옷에 까탈을 부리는 이유이기도 하고요.

그래서 내용은 알차야 하지만 옷은 대충 걸쳐도 된다는 의식에 저는 반대합니다. 콘텐츠 못지않게 형식으로서의 옷, 일상의 의복뿐 아니라 다양한 의미를 지닌 옷에 더 세심한 주의를 기울이는 것 역시 중요하다고 생각합니다.

조금 다른 얘기인데, 옷은 내면적 가치를 외면으로 발산하는 장치라는 생

김   최
병   재
종   천   097

각이 듭니다. 제게는 평생의 스승이신 화가 서세옥 선생님이 계세요. 지금은 고인이 되셨지만 예술과 삶의 격조 같은 것을 나는 선생님께 배웠습니다. 배웠다기보다 선생님 내외분을 통해 터득했다고 하는 편이 낫겠습니다. 삶의 디그니티dignity랄까. 높은 안목과 교양을 두 어른의 의복, 음식, 서가, 주택, 문방, 정원 등 다방면에 걸쳐 보고 배웠습니다. 평생 옆에 계실 줄 알았던 선생님께서 3년 전 홀연히 떠나가신 후 홀로 계신 사모님을 아직 찾아뵙지 못했는데, 그 사모님 되시는 정민자 여사께서는 오랫동안 '아름지기'라는 모임을 이끌면서 우리 것의 아름다움을 발굴하고 지키는 일을 하고 계세요. 한복의 이론가이기도 하시고요.

최재천 　옷을 대충 아무거나 걸쳐도 된다고 생각하면 안 된다는 말씀에 좀 움찔하게 되네요. 저는 열대 정글을 돌아다니는 사람입니다. 무슨 옷을 입어도 저녁 때가 되면 전부 진흙투성이가 되지요. 그래서일까요, 어렸을 때는 옷에 신경을 썼는지 모르겠지만 어른이 된 다음에는 옷에 별로 신경을 안 쓰는 편이에요. 거의 사지도 않지요. 제 아내가 보다 못해 한두 개씩 장만해서 강제로 입히죠. 그래서 제가 입는 옷들은 대개 제 아내가 골라준 것들이지요. 그럼에도 불구하고 몇 년 전 집안 사람들이랑 이런저런 얘기를 하다가 아내가 그러더라고요. 이 사람 은근히 고집 세다. 웬만한 거 사줘 가지고는 입지도 않는다. 자기가 입고 싶은 게 따로 있어서 그걸 사줘야 입는 거지, 아무거나 사준다고 다 입는 사람이 절대 아니다. 생각해보니까 그런 면도 있더라고요.

그렇다고 제가 입는 옷에 범주가 딱 정해져 있는 것은 아닙니다. 그냥 입는 거죠. 별로 신경을 안 쓰는 편이지만, 절대로 안 입는 옷들이 있어요. 고집스러운 면이 있는 것 같긴 해요. 일단 편해야 됩니다. 옷 때문에 신경을 써야 된다. 그러면 그건 별로 바람직하지 않아요. 그런 점에서 저는 스티브 잡스나 마크 저커버그랑 비슷한 면이 있는 셈이지요. 지극히 편안하게, 너무 드러나지 않게 그렇게 입습니다.

김   최
병   재
종   천

양영은 　사실 첫 질문으로 '생명'이라고 하면 두 분은 뭐가 먼저 떠오르세요, 라는 질문을 준비했었거든요. 저는 생명이라고 하면 태아가 제일 먼저 떠오릅니다. 그런데 사람은 나체로 오잖아요. 세상을 살면서 옷을 입고 나중에 하늘나라로 돌아갈 때 또 수의를 입지요. 옷이 의미하는 의미가 뭘까, 그렇게 생각이 흘러가다가 처음 드린 질문까지 가게 됐어요. 어쨌든 오늘 생명이라는 굉장히 귀하고 소중한 주제로 두 분을 뵙게 됐습니다. 두 분을 설명할 때 생명 과학자, 생명 화가라고 하잖아요. 그런데 언제부터 이런 말을 듣게 되셨는지 그 연원이 궁금합니다. 두 분은 어떻게 생명 화가, 생명 과학자라고 불리시게 됐는지, 혹시 그게 어느 정도 의도하신 바라면 그 주제에 몰두하시게 된 배경은 무엇인지 궁금합니다.

최재천 　저는 사실 저 자신이 생명이라는 주제로 너무 많이 알려진 게 때로는 좀 부담스러워요. 엄밀하게 얘기하면 이게 제가 선택한 길도 아니에요. 서울대 의과대학 진학을 희망했으나 떨어지고 재수하며 다시 의대에 원서를 넣었으나 떨어지고 제2지망으로 쓴 동물학과에 겨우 턱걸이를 해서 대학에 들어갔어요. 전공이 맘에 들지 않아 벗어나려고 계속 도망치다가 대학교 4학년 때 그래도 어느 정도는 내가 몸담은 이 전공이 뭔지 알아야 되는 거 아닌가 싶더라고요. 그래서 4학년 때 겨우 공부를 시작했는데, '어? 이게 내가 어려서부터 되게 좋아하던 일과 연관 있네' 하는 생각이 들었어요.

제 고향은 강원도 강릉이에요. 고3 방학 빼고는 거의 모든 방학에 한 번도 빠짐없이 그곳에 가서 개학 바로 전날 돌아올 정도로 시골에 있는 걸 너무너무 좋아했어요. 시골에서 노는 건 직업과 상관없는 줄 알았죠. 당시 어른들은 그런 게 직업이 될 수 있다고 얘기해주는 분들이 아니었어요. 그건 노는 거다. 직장을 갖고 휴가 때 잠시 가서 즐겨라. 뭐 이랬지요. 그런데 어느 날 제 눈앞에 그런 노는 짓을 하면서 밥 먹는 사람이 나타난 거예요. 어! 저거 해도 되네? 그래서 마음을 잡고 어떻게 어떻게 하다가 생명과학계에서는 제법 이름이 난 사람이 됐지만, 때로는 조금 면구스럽지요. 제가 처음부터 계획하고 걸었던 길이 아니고, 어떻게 하다 보니까 저한테 주어진 길인데 이렇게 제법 성공적으로 살아왔다는 게 그저 고마울 따름입니다.

양영은   그런 생각을 갖게 해준 그분이 누구세요?

김   최
병   재
종   천   103

최재천　　　조지 에드먼즈 유타대학 교수님이에요. 이분이 우리나라에 채집 여행을 오셨어요. 이분은 하루살이를 연구하는 곤충학자세요. 그때만 해도 저는 '참 공부할 것도 없지. 어떻게 하루살이 같은 걸 연구하나' 싶었어요. 하루살이는 물속에서 1~2년 정도 사는데 성충이 되면 하루나 이틀 정도밖에 못 사는 수서곤충이에요. 그분은 그 수서곤충을 채집하러 우리나라에 오셨던 거지요. 60대 노인이 개울물만 보면 신발을 신은 채로 그냥 물에 막 들어가시더라고요. 저 영감은 뭐하는 영감인가……. 처음에는 이상하게만 보였죠. 그런데 그분을 한 일주일 따라다니다 보니 '아, 저런 삶도 있구나' 싶었어요. 제 눈엔 그냥 놀고먹는 영감님 같은데, 직업은 멀쩡한 유타대학 정교수지, 집도 좋은 게 있다고 자랑하지, 플로리다주 탬파베이 바닷가에 별장도 있다고 그러는 거예요. 게다가 하루살이 연구를 하러 전 세계를 돌아다니는데 우리나라가 102번째 나라라고 하더라고요. 어렸을 때 세계지도를 벽에 붙여놓고 우리 어렸을 때 유명했던《김찬삼의 세계여행》이라는 책을 달달 외울 정도로 읽으며 '나도 여기 가봐야지' 하며 동그라미를 치곤 했는데, 제 눈앞에서 개울물에 신발도 안 벗고 들어가 첨벙거리는 영감이 100개 나라도 넘게 다녔다고 하는 거예요. 그래서 그냥 갔죠.

양영은   그냥 가셨다고요?

최재천   그분이 우리나라를 떠나시기 전 호텔에서 맥주를 한 잔 사주면서 그런 얘기를 하셨는데, 사실 저는 그때 일이 자세히 기억나지는 않아요. 나중에 미국에 가서 만난 그분이 저를 계속 골려먹더라고요. 그분이 100개 국 어쩌고저쩌고 하는데 제가 벌떡 일어나더래요. 그리고 무릎을 꿇더니 "아이, 아이…… 음. 라이크 유I, I, eum. like you"라며 거의 고함을 지르더래요. 그분이 장난으로 "그래, 나도 네가 나 좋아하는 거 이제 잘 알았다"라고 했대요. 그런데 사실 저는 그런 얘기를 하려던 게 아니었거든요. 영어가 능숙하지 않던 때라 그렇게 말했는데, 제가 하고 싶었던 말은 당신을 좋아한다가 아니라 당신처럼 되고 싶다는 거였어요. 그 얘기를 계속 부르짖은 거였죠. 그분은 제게 유학을 적극 권했어요. 어찌 보면 그분 덕분에 제가 유학을 갈 수 있었지요. 그렇게 하루아침에 제 삶이 바뀌었어요. 너무 고마운 분이죠.

양영은   김병종 교수님은 약간 의도적으로 생명 화가의 길을 개척하신 게 아닐까 하는 생각이 들어요.

김병종   최재천

105

김병종 　저도 모르게 타자로부터 '생명 화가'라는 타이틀이 주어졌는데, 사실 그게 별로 싫지는 않습니다. 최초로 제가 삶과 죽음을 이론이 아닌 실제로, 제 문제로 대면한 일이 떠오르는군요. 개인적으로 날짜도 잊어버리지 않고 있는데, 1989년 11월 23일 서울대학교 앞 고시원에서 제가 속한 단과대학의 역사에 대해 쓰다가 연탄가스에 중독되었던 적이 있어요. 지금 신세대가 들으면 "연탄가스 중독? 그게 무슨 소리?" 할 수도 있겠지만 제가 지나온 세상에서는 복어알 중독, 연탄가스 중독 사고사가 심심치 않게 일어났습니다. 닭장같이 다닥다닥 붙어 있는 고시원 옆에 조그만 제 그림 작업실이 있었어요. 이곳을 화실로 썼는데 학교 일을 맡는 바람에 도저히 출퇴근할 시간이 없어 고시원을 빌려 들어갔다가 변을 당한 거였어요. 서울대병원에 실려 가서 여러 번 수술을 받는 등 죽음의 문턱까지 갔었어요. 죽음은 노년에 닥치는 것으로 알고 있었는데 푸르디 푸른 30대 중반에 그런 일을 당하리라고는 꿈에도 생각 못 했지만 어쨌든 그렇게 되었지요. 전 그 당시에 〈바보 예수〉라는 그림을 그렸는데, 때가 그런 때이기는 했지만 사회적인 상상력, 거대 담론 같은 걸 그림에 담아야 된다는 강박적인 생각을 가지고 있었던 것 같아요. 〈바보 예수〉 시리즈로 1989년에, 연탄가스 사건이 나기 조금 전에 한 미술관에서 개인전을 했는데, 그 개인전의 서문으로 그때 막 대만에서 돌아오신 도올 김용옥 선생께서 〈바보 예수와 무無의 파격〉이라는 서문을 써주기도 했지요. 신학대학에서 공부하신 분답게 작품 분석을 신학적, 사회학적으로 심도 있게 해주신 기억이 납니다. 아무튼 연탄가스 사고가 나자 정통 기독교인들 사이에서는 인류의 구세주를 '바보'라 부르는 신성모독을 범하더니 저렇게 됐다는 소리도 나왔어요. 징벌적 사고. 소위 정통 보수 기독교인들 입장에서는 아귀가 딱 맞는 일이 일어난 거죠.

그때 서울대병원에 입원해 있으면서 양쪽 팔뚝에 주사 줄을 몇 개나 줄레줄레 꽂고 있었어요. 제 기억에 병원 앞에 시체 소각장이 있었는데 아침이면 그곳에서 연기가 올라오는 것이 보였어요. 그런가 하면 병실에서 봤던 이가 오늘 하얀 천에 덮여 나갔다가 오늘 한 줌 연기로 사라졌지요. 문득 삶과 죽음이 손의 양면처럼 가까이 있다는 일종의 종교적 깨달음이 왔어요. 그와 함께 사람은 누구나 죽는구나, 그리고 나도 어느 날 죽을 수 있구나…… 이런 두려움 같은 게 확 엄습해왔어요. 서른여섯 살, 세상 무서울 게 없던 나이인데, 삶은 계속될 거라고, 거의 영원히 계속될 거라고 믿던 때, 죽음의 문제에 부딪힌 거죠.

그렇게 병원에서 연속적으로 험한 수술을 받으며 꼼짝달싹 못하고 있다

김 최
병 재
종 천   107

가 나와서 서울대 교수 아파트에 살 땐데, 2월 말쯤 동료 교수님들하고 뒷산에 올라갔어요. 그런데 눈에 노랗고 작은 색채 하나가 흔들리는 듯한 모습이 들어왔습니다. 다가가 자세히 보니 두텁고 검은 동토를 밀고 노란 꽃이 하나 올라오고 있더라고요. 순간, 눈물이 핑 돌면서 비로소 사소한 것들, 거대 담론이 아니라 제가 어렸을 때 만난 그 생명의 호흡들을 보게 되었죠. 바람의 향기, 햇빛, 구름의 이동, 분분히 날리던 송홧가루 같은 거였습니다.

입원 생활이 계속되니까 사람이 단순해져서 소망도 달라졌어요. 뭐랄까 비로소 가난한 마음이 된 거죠. 그리고 주삿바늘 없이 아침을 맞아봤으면, 하얀 운동장 같은 데를 아니면 벌판 같은 데를 끝없이 걸어봤으면 이런 생각이 들었어요. 줄레줄레 주사 줄이 꽂혀 꼼짝도 할 수 없는 그런 상태에서 비로소 생명의 울림, 소중함이 사무치게 다가온 거죠. 아, 이 작은 것들, 제가 어렸을 때 만난 생명의 원초적인 아름다움을 한번 그려봐야 되겠다 생각하게 됐어요. 그렇게 살다 보니 이제는 '생명 화가'라는 타이틀이 붙게 된 거지요. 나중에 인상적으로 읽은 책이 한 권 있어요. 마치 수험서처럼 읽은 생명에 관한 책이 있는데, 바로 최재천 선생님의 《생명이 있는 것은 다 아름답다》라는 책이에요.

화두처럼 그 뒤로도 계속 한 번씩 떠오르는 게 그 책 제목이었는데 생명이 아름답다면 그 생명의 아름다움을 나는 글이 아닌 그림으로 붙잡아보자 하는 생각이었죠.

최재천   김 교수님이 말씀하셨으니, 한마디 보태야 될 것 같군요. 제가 신문에 칼럼을 썼는데, 그걸 모으니 어느 순간 한 권의 책이 될 것 같았어요. 그래서 출판사에 제 발로 찾아가 책을 내달라고 했더니 "저희는 과학책은 안 냅니다. 인문이나 건축 쪽 책을 내는 곳입니다" 하더군요. 그래서 "한 번만 읽어봐주십시오. 김병종 선생님이 책을 낸 출판사에서 나도 책 한번 내보고 싶은데, 좀 한번 읽어봐주십시오" 그러면서 그냥 놓고 왔어요. 한 이틀 후에 전화가 왔지요. 그래서 나온 책이 《생명이 있는 것은 다 아름답다》예요.

김병종   대체로 과학자들은 실험은 왕성하게 해도 실험 결과를 글로 펼쳐놓는 데는 부진한 경우가 많은데 《생명이 있는 것은 다 아름답다》는 과학책인데도 생명 철학서 같기도 하고 에세이 같기도 하면서 술술 읽히는 거예요. 그래서 '야, 이 양반 과학자인데도 참 글을 잘 쓰는구나 하는

김
병
종

최
재
천

생각이 들더라고요. 그때부터 제가 최 교수님의 글을 유심히 읽게 됐죠. 최 교수님은 그야말로 국민적 교사가 돼서 지금까지 대학뿐만 아니라 생명의 보편 가치를 펼치는, 좋은 영향력을 행사하시는 분 같아요.

양영은　두 분이 말씀하시는 그 시점이 그러니까 팬으로서 서로 만나시기 전의 일인 거죠.

최재천　첫 만남은 그러니까 김 교수님의 《화첩기행》을 보면서 '도대체 이런 사람이 있나' 싶었어요. 그림도 잘 그려, 그걸 가지고 속된 표현으로 하면 그림을 그려놓고 '구라'를 풀어내는데 그게 너무 맛깔스러운 거예요. 책을 읽으면서 '이 사람은 화가야 아니면 작가야. 뭐 이런 사람이 다 있나' 했지요. 이런 책을 만든 곳에서 나도 책을 내보고 싶다는 생각이 들었어요. 제가 이제는 책을 제법 많이 쓴 사람이 됐지만, 《생명이 있는 것은 다 아름답다》는 제가 우리말로 쓴 두 번째 책이거든요. 《개미 제국의 발견》 다음으로 쓴 두 번째 책인데, 제 책 중에 제일 많이 팔린 대표 저서가 됐지요. 하여간 오랜 세월이 흐른 다음에 어느 날 교수님이 직접 청하신 건지 출판사의 의견인지 모르겠지만, 《화첩기행》 시리즈 중 하나의 추천사를 써달라고 하더라고요. 그래서 제가 "그냥 합니다. 이건 무조건 씁니다" 했지요. 열심히 읽고 몇 마디 추천사를 쓰고, 그리고 실제로 만났을 거예요. 서로를 오랫동안 흠모하다가 뒤늦게 만난 거지요.

김병종   좀 딱딱한 집단인 서울대학에서 참 좋은 도반이었는데, 하루는 최 교수님이 한번 보자고 그래요. 공과대학 식당에서 만났더니 "저, 학교를 그만둡니다" 이러시는 거예요. 굉장히 놀랐죠. 당시에 이미 스타 교수여서 총장님도 말리고 다들 아쉬워했어요. 놀라서 무슨 일 있냐고 했더니 학교를 옮기게 됐다고 해서 속으로 서울대의 자산 한 토막이 잘려 나가는구나, 했던 기억이 납니다. 그런데 여기서 잠깐 글얘기를 해야 될 것 같아요.
아주 오래전에 〈뉴욕타임즈〉에 어떤 여성 미래학자가 앞으로는 전 분야 전 영역에서 글을 잘 쓰는 사람이 득세하게 될 거라는 의견을 피력했대요. 우리나라에 정말 쟁쟁한 과학자가 많은데, 대표 과학자 하면 많은 분이 최 교수님을 떠올리는 건 글의 힘이 아닐까요. 만약에 실험만 왕성하게 하고, 특히 그 실험이 자기 연구 업적 분야에만 머물러서 생명이나 과학의 보편적 가치에 무심했다면 전공이라고 하는 비좁은 자기 밀실에 그냥 갇혀 있었을 텐데 말이죠. 그 밀실에서 걸어 나와 생명이라는 광장에

김   최
병   재
종   천

사람들을 모을 수 있는 힘, 참 소중한 것이구나, 라는 생각을 하게 됩니다.

최재천　글을 잘 쓰는 사람이 득세할 것이라는 예언은 이미 현실로 드러났습니다. 우리나라에서 과학책 중 영원한 베스트셀러로 뽑히는《이기적 유전자》를 쓴 리처드 도킨스가 유사 이래 가장 훌륭한 생물학자는 아니잖아요. 그러나 많은 사람들의 마음 속에는 다윈 이래 가장 탁월한 생물학자 중 한 사람으로 자리잡았지요. 알버트 아인슈타인 이래 가장 훌륭한 물리학자가 리처드 파인만이라는 공식적인 평가가 내려진 건 아니에요. 그러나 많은 분들이 그리 생각합니다. 리처드 도킨스와 리처드 파인만의 공통점이 뭔가요? 둘 다 연구도 열심히 했지만 대중이 읽을 수 있도록 책을 많이 썼다는 겁니다. 그런데 여기서 '대중'은 단순히 연애소설이나 인생 노하우에 관련된 책을 읽는 사람들이 아닙니다. 동료 생물학자 또는 동료 물리학자를 포함한 대중입니다. 그러다 보니 도킨스가 책에서 설명한 내용들이 실제로 진화생물학의 발전을 견인하고, 파인만의 이론이 보다 널리 퍼지면서 오늘날 우리가 사용하는 많은 IT 기술들이 실용화되는 길이 열리게 된 겁니다. 과학자가 글을 잘 쓰면 본인만 유명해지는 게 아니라 과학이 더불어 발전하게 됩니다.

김
병
종

최
재
천

양영은　　지금 많은 말씀을 해주셨는데, 특히 김 교수님께서 어렸을 적 만난 원초적 아름다움을 표현해봤다는 말씀을 하셨어요. 두 분을 뵙기 전부터 그게 굉장히 부러웠어요. 일단 고향이 있으시지요. 강릉, 남원. 그곳에 뭔가 돌려주고 싶어 하시고, 어렸을 적 만난 원초적 아름다움이라고 표현하실 만한 경험이 있다는 것이 부럽습니다. 저는 그런 경험이 없거든요. 고향이 서울이고 어렸을 때 자연에서 놀았던 기억이라고는 놀이터의 흙바닥 정도가 고작이에요. 두 분의 어린 시절로 돌아가 그때 만난 원초적 아름다움으로서의 생명에 대한 이야기를 좀 더 구체적으로 해주세요.

김병종　　뭐 특별한 건 없어요. 전 공부는 뒷전이고 들로 산으로 강으로 돌아다니며 어린 시절을 보냈어요. 어느 해 초여름 강에서 멱을 감고 물속에서 고개를 드는데 커다란 붉은 덩어리가, 해 같기도 하고 꽃 같기도 한 그 붉은 덩어리가 저를 압도해 오는 거예요. 지금도 그리고 있는 꽃 같고 해 같은 붉은 오브제의 체험을 그때 한 것이죠. 마찬가지로 푸른 나무 아래 누워 있다 보면 마치 숨 쉬는 듯한 소리를 듣게 되곤 했어요. 나무도 숨 쉬고 땅도 숨 쉬는구나. 꽃에도 심장이 있고 눈이 있어. 자연 속에서 뒹굴며 어렴풋이 그런 생각을 했어요. 훗날 그 원료들이 제 속에서 심상화되고 요리되어 그림으로 나온 것입니다.

그와 함께 초등학교 때부터 고등학교 때까지 가졌던 의문이 하나 있어요. 왜 학교를 6일씩 나가야 될까, 이게 정말 의문이었어요. 만약에 학교를 이틀이나 사흘만 나가게 하면, 인간의 삶이 훨씬 더 다이내믹하게 펼쳐지고 다양성이 있을 텐데 하는 생각에 사로잡혀 있었던 거죠. 어렸을 때부터 학교 공부에 별로 흥미를 못 느꼈던 데다 지루하고 재미없고 귀찮고 그랬거든요. 그러다 고2 때 아침에 학교에 가려고 운동화 끈을 매다가 어머니께 "엄마, 저 오늘 학교 그만둬요"라고 내뱉었어요. 그런데 그날 아침 우리 어머니는 네가 이러면 되겠냐며 말리시지 않았어요. "그래? 그런 건 네가 알아서 하지 뭘 나한테 이야기하냐"라고 하시더라고요. 한 보름을 학교에 가지 않고 집 근처 시립 도서관에 틀어박혀 지냈는데 슬슬 불안해지는 거예요. 그 도서관이 동인천역 맞은편 율목동이라는 데 있던 일제강점기 일본인의 저택이었던 목조주택이 도서관이 된 경우였죠. 제겐 거기가 학교보다 훨씬 아름다운 공간이었어요. 교과목이 아닌 읽고 싶은 책을 마음껏 읽을 수 있었으니까요. 그러다가 불안해져서 3주쯤 지났을 때 학교에 다시 갔어요. 지금도 그 생각엔 변함이 없는데 애초부터 일주일에 6일이 아니라 3~4일 정도만 나가도록 학제가 되어 있다면 개인의 창의력도

김   최
병   재
종   천   115

생태계의 들풀처럼 꽃 피울 수 있지 않았을까 생각해요. 억지로 과목으로 꽉 묶어서 매일같이 학교에 매어놓는다는 건 잘못된 거다. 줄곧 이런 생각을 했어요.

어쨌든 전 초등학교 때부터 학교를 마치면 가방을 던져놓고 계속 들로 산으로 다녔어요. 조그마한 시골에 살다 보니 갈 곳이란 게 뻔해서 그렇게 놀다가 물속에서 툭 나와보면 온 산이 만산홍으로 붉었어요. 멱 감다 물속에서 나와 보면 먼 산의 꽃들이 클로즈업되면서 숨을 쉬는 것 같기도 했어요. 그런가 하면 집에서 키우던 늙은 닭이 나를 물끄러미 쳐다볼 때는 무슨 영물靈物 같다는 생각이 들기도 했지요. 자연계에는 언어가 아닌 눈빛의 대화 같은 게 있구나, 만물이 언어 이상의 의사소통을 하고 있구나, 이런 생각을 어렴풋이 했던 것 같아요.

지금은 보기 힘든데, 저희 시골 마을에는 봄이면 자운영이 흐드러지게 피곤했어요. 그 보랏빛이 끝없이 펼쳐진 벌판을 홀로 걸으면서 느낀 황홀감을 잊을 수 없습니다. 마을 뒤에는 천공天空을 향해 뻗어 올라간 부권적인, 강하고 억센 선을 가진 지리산이 있고, 마을 앞에는 그 억센 산을 부드럽게 감아 흘러 들어가는 모성적인 섬진강의 물줄기가 있었지요. 봄이면 아지랑이가 피어오르고, 바람에서 땅에서 어떤 향기 같은 게 느껴졌어요.

김   최
병   재
종   천   117

그렇게 자연 속에 동화되어 살다가 열차를 타고 처음 서울역에 내렸을 때 마주한 우중충한 풍경이라니요. 하비 콕스의 《세속도시》처럼 포개어진 건물들은 성냥갑 같았고요. 가슴속에서 '자연과 문명의 충돌' 같은 것이 일어났지요. 그리고 그 충돌은 지금까지도 계속되고 있어요. 나는 '자연이 키운 아이'여서 억지로 머릿속으로 만들어내는 그림에 서툴러요. 그냥 기억의 창고에 있던 바람 소리, 물소리, 저녁놀 같은 것을 꺼내서 쓰는 거죠. 우리 집 앞에 대바람 소리가 아주 기막힌 대숲이 있었어요. 어느 날은 댓이파리 수만 개가 막 소용돌이치면서 다가오는 것 같기도 했지요. 그 위로 노란 달이 떠오르면 내 눈엔 그게 꽃으로 보여요. 달의 숨소리가 들려오는 듯했고, 그렇게 〈해꽃〉, 〈달꽃〉 연작이 나온 겁니다.

아버지가 일찍 돌아가셔서 홀로 자식들을 키우신 우리 어머니는 기독교 랍비 같은 분이셔서 늘 제게 "넌 어디를 그렇게 밤낮으로 쏘다니냐. 공부는 안 하고. 장차 뭐가 되려고 그러느냐"라며 혀를 차시곤 했는데, 아무리 쏘다녀도 쏘다녀도 답답한 거예요. 그 작은 도시에서…… 그림을 그리고 싶은데, 모델 학습할 만한 게 하나도 없었어요. 그래서 극장 벽보를 따라 그리기도 했지요. 자연은 아름다웠지만, 시립 도서관 하나 없는 정말 척박한 곳이었어요. 그런 속에서 어쩔 수 없이 자연과 친구가 돼버린 거죠. 지배하고 지배당하는 종속적 논리가 아니고, 정말 자연과 하나되는 경험을 했어요.

최재천   저는 몇 년 전 교수님이 전시회를 시작하면서 설명하실 때 송 홧가루 얘기하신 게 굉장히 마음에 와닿았어요. 그 어린 소년이 송홧가루 까지 느꼈다는 게 참 더님스러운 아이였구나 하는 생각이 들 정도로. 굉 장히 예민하셨나 봐요.

김병종   예민했어요.

최재천   제 고향은 강릉이에요. 저희 집 뒤뜰에도 대나무 숲이 있었어 요. 그런데 남원은 내륙이지만 강릉은 바닷가이다 보니까 하루에 바람이 두 번 바뀌거든요. 바다로 바람이 불어갔다가 다시 육지로 바람이 불어와 요. 바람이 바다로 갈 때와 바다에서 올 때 대나무 숲에서 나는 소리가 달 랐어요. 솔향 바람과 짠물 바람이 만들어내는 소리가 다른 거예요. 가만 히 앉아서 듣고 있는데, 정말 너무 이상했어요. 바람이 특별히 다를 리 없 는데, 바람은 그냥 공기의 움직임 때문에 일어나는 현상일 뿐인데, 이게 왜 아침에 부는 바람하고 오후에 부는 바람하고 소리와 느낌이 다 다른 걸까. 어린 제가 시골집에서 하루에 두 번씩 부는 바람 소리를 들으려고 평상에 누워 있던 기억이 나는군요.

저는 김 교수님과 반대로 시골에 있어야 할 사람인데 잘못해서 서울로 붙들려 온 거였어요. 그러니까 방학만 되면 뒤도 안 돌아보고 도망쳤지요. 제가 아들 4형제 중 맏이였는데 나중에 어른이 된 뒤 하루는 제 동생들이 저를 성토하더라고요. 술 한잔하다가 맏이인데 형은 우리한테 전혀 관심이 없었다, 이런 말로 시작해서 그날 저녁 내내 성토하는데 좀 미안했어요. 골목대장인 형을 믿고 뻐기고 다녔는데, 방학만 되면 힘들었다는 거예요. 평소에 형 믿고 까불다가 방학만 되면 두 달 동안 형이 사라지니까 동네 다른 애들한테 계속 혼이 났대요. 제가 동생들에게 강릉에 가자고 하면, 동생들은 강릉에서 태어나지 않아서 그런지 안 가겠다고 하더라고요. 그런데 저는 방학 동안 서울에 있는 것 자체를 받아들일 수 없었어요. 말도 안 되는 일이었지요. 무조건 가야 했어요.

오죽하면 이런 일도 있었어요. 초등학교 3학년 때 일이에요. 당시 강릉에 가려면 대관령을 넘는 버스를 타거나 기차를 타야 했어요. 버스를 타고 대관령 길을 꼬불꼬불 거쳐 가다 보면 비위가 약해서 가는 내내 멀미를 했지요. 기차를 타면, 제 기억에 제일 오래 걸렸던 때는 열일곱 시간 정도 걸린 것 같아요. 저 남쪽으로 경상도까지 돌아서 가야 했으니까요. 그런데 초등학교 3학년 때 저를 데려다줄 사람이 없다는 거예요. 다른 해 여름에는 저를 데려다 줄 삼촌이나 고모가 있었는데 그해에는 아무도 없었어요. 3일 동안 단식해서 아버지의 허락을 받고 혼자 갔어요. 제가 훗날 자식을 키워보니 아홉 살짜리가 홀로 그 먼 길을 가도록 허락한다는 게 보통 일이 아니었다는 걸 알겠더군요. 그런 상황을 단식으로 뚫어낸 저도 보통 놈은 아니었나 봅니다. 무엇 때문에 그렇게 기필코 그곳에 가야 했는지 모르겠지만 하여간 가야 했고, 그래서 간 거지요.

서울에 있을 때는 학교를 무지무지 좋아했어요. 일요일에도 학교에 갔어요. 왜냐하면 골목에서 노는 것보다 학교에서 노는 게 훨씬 다양하고 재밌었거든요. 누가 왜 교수가 되었냐고 물어보면 저는 그냥 학교 가는 게 좋아서 자꾸 가다가 보니까 어른이 돼서도 학교를 가고 있더라고 답합니다. 시골에 가면 서울에 오고 싶지 않았어요. 그래서 개학 바로 전날까지 놀다 왔는데, 제게 김 교수님처럼 섬세한 감수성은 없지만, 삼촌들과 논 병아리 둥지를 털어먹던 기억이 나는군요. 논 한가운데 둥지가 있었지요. 할머니 집에 닭을 키우고 있었으니 달걀을 먹으면 되는데도 달걀보다

크지도 않은 그 논병아리 알을, 왜 꼭 그걸 먹고 싶었는지 모르겠지만, 삼촌들이랑 같이 가서 둥지를 털어 알을 구워 먹었어요.

그런데 어느 날 큰집에 갔다가 느지막이, 해가 저물 무렵 돌아오는데 논에서 들리는 논병아리 소리가 너무 구슬픈 거예요. 논병아리 소리가 참 묘하잖아요. 그 소리를 들으면서 펑펑 울었어요. 잘못했다고. 며칠 전 제가 알을 털어 먹어서, 그래서 그 어미가 우는 것 같아 미치겠더라고요. 그래서 그 논두렁에 앉아 펑펑 울었던 기억이 나네요.

또 하나 떠오르는 기억이 있어요. 그 당시 우리 집은 초가집이었는데, 지붕의 볏단 속에 쥐 둥지가 있었어요. 이 세상에서 제일 예쁜 동물이 새끼 쥐거든요. 진짜 새끼손가락 한 마디만한 빨간 것이 불도그를 확 줄여놓은 것처럼 생겼어요. 앞에서 보면 얼굴이 쪼글쪼글한 게 너무 예쁘게 생겨서 한참 데리고 놀다가 내 딴엔 돌려준답시고 둥지에 넣어줬는데 나중에 보니 다 떨어져 죽어 있더라고요. 그땐 왜 그렇게 됐는지 몰랐어요. 생물학자가 되고 난 다음에는 알게 되었죠. 제가 하도 조물락거려서 새끼 쥐의 냄새가 달라져 어미가 돌아와서는 자기 새끼가 아니라고 생각해 물어서 죽여버린 거죠. 그때는 몰랐어요. 이런 경험들을 해가면서 어쩌다 보니 제가 이렇게 생명을 예찬하는 사람이 되었네요. 죄를 지은 게 많아서……

양영은　논병아리와 새끼 쥐, 그리고 바람……. 저는 논병아리 소리도 모르고 새끼 쥐도 본 적 없어요. 너무 슬프네요. 두 분을 통해서 너무 귀한 경험을 하게 된 것 같아 감사합니다. 그럼 질문을 조금 바꿔볼게요. 원래는 수명의 한계와 늙음과 죽음에 관한 질문을 드리려고 했어요. 생명의 숭고함이나 오묘함을 경험하신 순간을 여쭤보고 싶었거든요. 그런데 조금 다른 질문을 드리고 싶네요. 시간이 흐를수록 죽음에 대해 생각하게 되는 것 같아요. 죽음은 정말 생명의 반대일까요? 두 분이 생각하시는 죽음에 대해 들어보고 싶어요.

최재천　제가 먼저 할까요. 제가 죽기 전에 마지막으로 꼭 쓰고 싶은 책이 있거든요. 그런데 이게 꽤 오래 걸릴 것 같아서 일찌감치 시작했지요. 제목을 그냥 '생명', 영어로 '라이프Life'라고 붙여놨어요. 생명에 관해 제가 생각할 수 있는 모든 걸 한번 정리해보려고 해요. 할 수 있다면 종교에서 바라보는 생명의 의미, 예술가들이 그려내는 생명의 모습 등 여러 각도에서 바라보는 생명을 죄다 다뤄보고 싶어요. 이런 생각을 왜 하게 되었는가 하면, 그동안 막연하게 생각하긴 했는데 어느 날 생명의 가장 보편적 속성이 뭘까 하는 생각을 스치듯 하다가 아, 죽음이구나 하고 깨

김
병
종

최
재
천

123

달았어요. 적어도 이 지구에 살고 있는 모든 생명은 언젠가 끝이 나잖아요. 모든 생명이 공통적으로 갖고 있는 속성이 바로 죽음이에요. 그 생각을 하고 나니까 '아, 이거 한번 제대로 정리해봐야겠다' 싶었어요.

생명은 죽음을 내포하고 있지요. 이런 생각을 정리하다 보니까 생명과학자로서 할 이야기가 제법 늘어나더라고요. 물론 하나의 개체로서 우리는 죽겠지만, 내가 후세에 남겨놓은 유전자가 내 생명을 이어가는 거잖아요. 나에게서 자식으로, 자식에게서 그 자식에게로. 지난 일요일 손녀가 태어났습니다. 이렇게 아들에게서 손녀로 이어가면서 생명의 영속성이 생기는 거죠.

태초부터 지금까지 생명은 한 번도 끊긴 적이 없어요. 태초에 RNA 혹은 DNA가 탄생한 뒤 지금까지 다양한 방법으로 다양한 생명체를 만들어내고 있지요. 생명 사업을 제법 잘하고 있는 거예요. 개체의 생명은 끝이 있지만 유전자의 생명은 끝이 나지 않습니다. 그러다 보니 생명은 지금 서로 다 연결되어 있어요. 영속성뿐 아니라 연속성도 있다는 겁니다. 그밖에도 항상성, 창발성, 다양성 등에 관해 지금 쭉 정리하고 있어요. 죽음이라는 전제하에.

김병종   최 교수님은 문사철文史哲, 과학, 그리고 예술까지 다양한 영역에 걸쳐서 뛰어난 역량을 보이셨고, 그 학술적 용어의 연원까지는 잘 모르겠지만 우리 사회에 '통섭'이라는 화두를 최초로 던지신 분이죠. '생명'이라는 것도 이 시대에 또 하나의 화두가 될 것 같은 예감이 드네요. 누구에게나 죽음은 현실로 생각하기엔 꺼림칙하고 너무 먼, 피하고만 싶은 그런 주제이지만 악수한 손의 온기가 채 식지도 않아 떠나가버린 사람들을 보면서 죽음, 끝 이런 걸 정면으로 응시하는 것이 필요하다는 생각이 들어요. '죽음'의 시작은 '생명'일 테니까요. 슬픈 알고리즘이죠. 평소에도 메멘토 모리 사고를 가져야 할 것 같아요. 나이가 들어가는 것은 이별이 많아진다는 이야기지요. 제 경우 7년 전 갑작스럽고 가슴 아픈 이별의 체험을 하면서 소멸, 죽음 이런 것에 대해 부쩍 생각하게 됐어요. 그림을 남기려 악착스럽게 작업실에 들어앉아 있는 것도 장차 소멸할 나에 대한 일종의 방어기제 같은 것이 아닐까 싶어요.

이어령 선생님 말씀을 또 하게 되네요. 마지막 2년 동안 그분은 저와 종교, 특히 죽음 이후에 관한 이야기, 영적인 이야기들을 참으로 많이 나눴거든요. 고통이 심해지실 때면 "전화 좀 해도 되겠습니까"라고 문자가 먼저 오고 이어 전화가 오는데 가끔은 새벽 1시, 2시까지도 이어지면서 이

김병종   최재천

런저런 이야기를 쭉 하시곤 했지요. 지금 생각하면 죄송한 일인데 가끔은 꾸벅꾸벅 졸면서 수화기 저 너머의 쉰 목소리를 듣곤 했어요. 그중 인상적이었던 거 하나가 조금 전 말씀하신 그 유전자에 대한 부분입니다. 이 어른은 본인이 펴낸 책의 그 문자들, 이 문자의 '밈'이 유전 생태계에 남겨질 거라고 하셨어요. 생리학적 생태가 아니라 문자 세계에 있어서도 생명이 이어질 거라는 것이지요. 그 밈들이 혼처럼 떠돈다, 이런 생각을 하시더라고요. 그 생각이 상당히 확고했던 것 같아요. 그러니까 마지막까지 글을 쓰셨지요. 말하자면 늙은 소나무가 사력을 다해 봄이면 송홧가루를 터뜨리고 그것들이 수분受紛하여 소나무로 자라게 하려는 욕망과 비슷하다는 생각입니다. 이제는 펜을 놓을 만도 한데 왜 그러시냐고 하니까, 창작자에게는 그게 생명 유전자가 되는 것이라고 하시더군요. 그러면서 김 교수에게는 색채와 형태가 그 유전자가 될 거라고 하셨어요. 이런 말을 어린아이처럼 아주 확고하게 믿는 듯하셨어요.

정현종 시인의 시 중 "견딜 수 없네/있다가 없는 것/보이다 안 보이는 것/견딜 수 없네"라는 구절이 있어요. 있다가 없는 한시적인 존재들인데 꽃은 왜 저렇게 아름다우며 또 곧 지고 말 운명인데 청춘은 또 왜 저토록 아름다울까요. 이런 관점에서 저는 자기 위안 삼아서 요새는 계속해서 색채를 쓰고 붓질을 하면서 나보다 더 오래 남겨질 유전체 '밈'과 대화를 하고 있어요.

작업실 문을 딱 열고 들어가서 커피 한 잔 마시고 붓을 들 때면 예전에 없던 묘한 생각이 들어요. 아, 나는 소멸해도 너는 남겨지겠구나. 전에는 그런 생각 안 했죠. 내가 너보다 더 우월하다, 뭐 이런 생각이었던 것 같아요. 너는 물질, 나는 정신, 너는 도구, 나는 그 도구를 부리는 주인 식으로 말이죠. 그런데 이제 나는 사라져도 너는 남겨져 어딘가에서 하나의 밈처럼 나를 전해주겠구나, 이런 생각을 하게 되는 겁니다. 더불어 지금은 거의 늘 세상을 떠나신 내 마음속 한 분을 떠올립니다. 내 평생의 스승이신 화가 서세옥 선생님이십니다. 선생님이 세상을 떠나신 지 3년이 됐지만 붓을 들 때면 학생 때 들었던 선생님의 말씀이 귓가에 들려옵니다. 김 군, 아름다움이란 자네 가슴속에 고인 물을 길어 올리는 것이네. 아름다움의 진리란 우주 먼 창공이 아닌 자네 눈썹 아래 있어……. 알쏭달쏭했던 그 담론들. 지금 생각하면 선생님은 화가이시면서 동양학자셨고, 시인이시며 한학자이기도 했지요. 평생에 이런 스승을 만난 것이 내겐 큰 행운이었어요. 40년 전 학생 때 들려주셨던 그 말씀을 이제는 내가 제자들에게 그대로 전해주고 있습니다.

김   최
병   재
종   천   127

얼마 전에 1980년대 중반 대학에 입학했던 여학생들 한 떼를 만났어요. 제가 지도교수였지요. 스무 살 무렵 그 제자들이 스승의 날 같은 때 꽃을 들고 연구실 문을 열면서 들어오는데, 생명체에서 발하는 어떤 아우라 같은 게 있었어요. 그런데 "자네, 올해 몇이야?" 그러니까 "아유, 선생님 저 회갑이 지났어요" 하더라고요. 그 앳된 얼굴들이 아직도 겹쳐 보이는데 그새 세월이 그렇게 흘렀구나 싶었죠. 서세옥 선생님은 옛날에 교실에 들어오시면 그림은 "가르칠 수도 배울 수도 없는 것", "광막한 들판의 한 뼘 땅 위에 깃발 하나 꽂고 가는 것"이라고 하셨는데 그 말씀 또한 이제 절절한 울림으로 다가옵니다. 그러면서 내가 참 아둔했구나, 스승의 말씀을 반세기 지나서야 해독하다니 싶어요. 생명과 시간은 이처럼 가르치고 배우는 관계를 통해서도 유전하는 것이라는 사실을 깨닫곤 합니다.

양영은 　그러면 생명은 어디에서 오는 걸까요? 생명의 시작은 언제부터라고 생각해볼 수 있을까요? 유전자가 계속되는 거라면 시작은 언제일까요?

최재천 　생물학자의 관점에서는 어쩔 수 없이 생명의 시작은 RNA 또는 DNA라는 말을 할 수밖에 없습니다. 알이 먼저냐 닭이 먼저냐 이런 논의들을 많이 하는데, 저는 그런 논의를 뭐하러 하냐고 해요. 당연히 알이 먼저지요. 알 속의 DNA가 닭을 만들어내고, 그 닭이 더 많은 알, 더 많은 DNA를 만들어내는 거지요.

조금 전 교수님이 얘기하신 것처럼 그 전략으로 우리가 한번 생각해보면, 두 가지 상반된 전략이 가능해요. 죽지 않고 계속 살아남아 후손을 만들어내는 전략. 반대 전략은 한창 잘 만들 때 실컷 만들라고 그러고 그때가 지나면 빨리 죽여버리고 새로 만든 개체에서 또 만들어내는 거예요. 경제적인 면에서 따지면 후자가 훨씬 유리하지요. 노화 과정을 거슬러 가면서 이미 태어난 것을 끝까지 살려놓으면서 뭔가를 생산해내는 것보다 잠시 반짝하게 만들고 빨리 없애버리고 또 새로 태어난 게 반짝하게끔 만드는 전략이 더 탁월할 수밖에 없어요. 어떻게 보면 그래서 지구의 생명은 한

김
병
종

최
재
천

계성을 지닐 수밖에 없는 운명을 갖게 된 것이니 그 자체를 그냥 받아들이면 되는데, 우리는 그게 참 쉽지 않아서 이렇게 자꾸 여러 가지 의미를 부여하는 것이겠지요.

교수님 말씀을 들으니까 저도 떠오르는 기억이 있습니다. 이어령 선생님이 돌아가시기 한 1년 전쯤 뵌 것 같은데, 그때 제게도 비슷한 얘기를 해주셨어요. 이어령 선생님은 미국 유학 시절 제 지도교수님이셨던 에드워드 윌슨 교수님을 많이 좋아하셨어요. 특히 윌슨 교수님의 바이오필리아biophilia 개념을 굉장히 좋아하셨지요. 윌슨 교수님과 이어령 선생님 두 분다 조어造語, 즉 사람들 입에 회자될 새로운 말을 만들어내는 걸 굉장히 즐기셨어요. 저는 화답으로 선생님이 만드신 단어 중 '디지로그digilog'가 굉장히 마음에 든다고 했어요. 그랬더니 기분이 좋으셨는지 그날 생명 자본 얘기를 몇 시간이나 하셨지요.

그런데 선생님의 말씀이 너무나 와닿는 거예요. 그게 우리 생명체는 유전자를 복제하고 새로 만들어내고 그러는데, 리처드 도킨스가 고안해낸 '밈'이라는 개념은 대물림되는 게 아니라 횡적으로 번져 나갈 수 있는 그런 메커니즘이지요. 선생님은 그런 것을 상상하신 거잖아요. 이어령 선생님의 말씀처럼 횡적으로 나가다가 그중에 굉장히 성공적인 건 대물림되죠. 영원히 살아남게 되는 거죠. 저는 이어령 선생님이 왜 그렇게 끝까지 애쓰셨는지 충분히 이해됩니다. 물론 그렇게까지 생각하시는 줄은 몰랐는데, 오늘 김 교수님의 말씀을 들으니 이어령 선생님은 아예 그걸 당신의 유산legacy으로 생각하고 노력하신 것 같습니다.

김병종   그러니까 이제 생명이 다 돼가니까 자손을 많이 남겨야겠다는 의지 비슷한 것으로 계속 글을 쓰셨던 것 같아요. 그래서 저도 '아, 그렇다. 자손을 많이 증식시켜야 되겠다' 해서 요즘에 새벽부터 열심히 그리고 있거든요. 그래서 새벽에 일찍 나갑니다. 제자들이 가끔 저에게 이제 좀 쉬라고 그러는데 쉬라고 하는 것처럼 고통스러운 게 없어요. 어렸을 적에 저는 그림 그리는 재능을 숨겨야 했는데 이제는 펼칠 때가 되었다는 생각이 저를 세차게 몰아댑니다. 그런 점에서 보면 격려도 사람을 성장시키지만 막아서는 것도 그런 것 같아요. 그림을 못 그리게 해서 계속 피해다니다가 이제 마음껏 해도 되니 요즘엔 정말 행복합니다. 이제는 그렇다, 생명의 밈을 많이 퍼트려놓자, 이런 생각이죠.

양영은   교수님, 아직 답은 못 들은 것 같아요. 생명의 시작을 언제부

김
병
종

최
재
천

터로 생각해볼 수 있을까요.

김병종 　그에 대해서는 별로 생각해본 적이 없습니다. 다만 저는 기독교인이어서 〈창세기〉의 창조론을 믿는 입장입니다. 그 세계관의 렌즈를 통해 생명 세계를 보는 거죠. 그냥 생명이 번성하고 쇠락하는 것을 미적인 관점에서 봤을 뿐인데, 얼마 전 신문 한 귀퉁이에 가슴이 찡한 대목이 나오더라고요. 초창기에 우주선을 탔던 우주인으로 연세가 많은 분이었어요. 지구 바깥으로 나갔을 때의 심정을 묻자 그분은 "오직 공허와 죽음과 두려움밖에 없었다. 그러면서 선택받은 단 하나의 별인 지구가 얼마나 소중한가를 느끼게 됐다"라고 말했어요. 우주로 나가면 얼마나 황홀하고 아름다울까. 우리는 이런 생각을 하고, 미국의 어떤 대기업 회장은 앞

으로 우리가 화성으로 가서 살 비전을 발표하는데, 그분은 아주 단호해서 도무지 낭만적 상상력이 끼어들 틈이 없었어요. 그이는 이 작은 지구에 생명이 있다는 데 정말 감사하게 생각한다고 했어요.

저는 과학과는 거리가 먼 사람이지만, 그런 면에서 지구별이 굉장히 애잔하고 애틋하고 축복된 별이라는 생각이 듭니다. 그 기사를 보면서 전 지구 위에서의, 예컨대 이 생명 가치를 새로 인식하면서 지구인으로서의 삶이 새삼 축복받았다는 생각을 하게 되었어요. 창을 열면 쏟아지는 햇빛과 바람에도 뭐랄까 좀 과학적인 분석을 하며 감사하게 되었죠. 아, 이 빛이 그 차갑고 공허한 어둠을 뚫고 나에게까지 왔구나 하는 생각, 이 달콤한 공기 속에 생명의 알갱이인 산소가 실려 있어서 내가 숨 쉴 수 있구나 하는 생각 같은 거죠.

여기, 지구에 살아 있는 동안에는 나의 달란트talent, 즉 나의 재능으로 미술이라는 생명의 꽃을 좀 많이 피워봐야겠다 다짐합니다. 예전에는 좀 좋은 것만 남겨놓고 좀 성에 차지 않는 것은 버려버렸는데, 요즘에는 좋고 나쁘고를 가리지 않고 내가 만든 것은 나가서 마음껏 돌아다니면서 빛을 발하든지 어디 창고에 있든지 알아서 하거라, 생각합니다. 지금 계속 만들어내고 있는 것은, 그러니까 죽음의 시간에 대항하려는 몸짓 같은 것이 아닐까. 한편으로는 그런 생각도 들어요.

양영은　말씀 중 "미술이라는 생명의 꽃"이라는 말이 기억에 남네요. 저는 김 교수님 말씀을 들으면서 '생명＝지구'라고 생각했거든요. 여기서 약간 조금 특이한 질문 하나를 드리고 싶어요. 외계 생명체가 있을 거라고 생각하세요? 최 교수님께 한번 여쭤보고 싶어요.

최재천　제 답변이 되게 건조할 것 같은데요. 그냥 확률적으로 보면 없을 순 없잖아요. 지구가 우주 정중앙에 있는 것도 아니고, 저 변방의 무지무지 작은 태양계의 별 중 하나인데, 확률적으로 볼 때 여기 생명체가 있는데 우주 전체에 절대로 없을 거라고는 이야기하기 힘들죠. 그런데 또 지구에 생명이 탄생한 확률을 계산해보면 있을 수 없는 일이 벌어진 거거든요. 우연에 우연에 우연이 겹쳐서 어쩌다가 이런 결과가 나타난 건데, 그런 기가 막힌 우연이 다른 곳에서도 또 벌어질 거다? 그것도 사실 말이 안 돼요. 그럼에도 불구하고 절대로 생명이 이 지구라는 행성에만 있고 다른 데는 없다는 것은 말이 안 되는 것 같아요.

UFO 등등 이와 관련된 말들이 많으니까, 저로서는 인정은 하면서도 약간 다른 의견을 가지고 있어요. 흔히 외계인 하면 사람들은 퀭한 눈을 가진 모습의 생명체를 떠올리잖아요. 지금 우리가 누리고 있는 생명은

김　최
병　재
종　천

135

DNA를 기반으로 구성되어 있어요. 그런데 생명이 꼭 DNA를 기반으로 존재해야 한다는 법은 없지요. 우주 어딘가에 생명체가 있는데, 그 생명체는 우리처럼 DNA를 기반으로 해서 복제하고 태어나고 죽고 그런 생명체가 아니라 전혀 다른 메커니즘의 생명체, 우리와는 완전히 다른 어떤 메커니즘을 가진 생명체가 수없이 존재할 수 있다. 저는 그냥 그렇게 혼자 결론 내렸어요, 혼자서.

양영은   답변 감사합니다. 지금까지 거대 담론에 대해 이야기해주셨다
면 이제 좀 더 개인적인 질문을 드려볼게요. 최 교수님, 손녀 만나셨잖아
요. 보통 아기를 만나면 사람들이 넌 도대체 어느 별에서 왔니, 이런 말씀
을 많이 하지요. 할아버지가 되신 느낌은 어떠셨나요? 정말 내 생명을 맞
는 느낌이었나요?

최재천   손녀가 태어나기 몇 달 전, 작은 소포가 하나 왔어요. 소포를
열었더니 그 안에 축하한다는 메시지와 아기용품이 하나 들어 있었어요.
이게 뭐야? 이거 누가 보냈어? 궁금해하는데 제 며느리랑 아들이 미국에
서 소포를 보낸 게 아니라 자기 친구가 한국 가는 길에 인편으로 보냈다
고 하더라고요. 그걸 집 앞에 놓고 간 거예요. 뜯어보니까 맨 밑에 초음파
사진 한 장이 들어 있었어요. 그걸 보는 순간, 알았죠. 미국으로 전화하고
뭐 난리가 났어요.
초음파 사진이라고 해봐야 한 2센티미터 정도 되는 생명체를 찍어놓은
건데, 그것도 체장體長을 측정하겠답시고 머리 꼭대기부터 꼬리뼈 있는
데까지 표시해서 길이를 잰 흔적이 보이더라고요. 꼬리뼈 끝에 친 표시가
사타구니에 찍혀 있었어요. 저랑 아내랑 둘이 그 사타구니를 유심히 쳐다

김   최
병   재
종   천   137

보면서 제가 먼저 "뭐 달린 거 같지?" 그러니까 아내도 "글쎄, 그렇게 보이는 것 같아" 그러더라고요. 아들 부부와 일주일에 한 번씩 화상회의 플랫폼 줌Zoom으로 연락하는데, 아내가 물어봤어요. "아직 모르지?" 그랬더니 며느리가 "딸이에요" 그러는 거예요. 저희 부부는 동시에 만세를 불렀지요. 제가 장손이라 아들을 낳아야 한다고 할 만도 한데, 저희 아버지 어머니도 지금 너무 좋아하세요. 저희 집에 워낙 아들이 많아요. 딸이 귀한 집안이라서 그런지 딸이 생겼다며 그냥 다 좋아했지요.

김 교수님은 이미 다 겪어본 일이시겠지만, 지난 몇 달 동안 길에 나서면 요만한 여자아이들만 보이는 거예요, 제 눈에. 남자아이들은 눈에도 안 들어오고 여자아이들이 그냥 귀여워서 어쩔 줄 모르겠어요. 그냥 다 좋더라고요. 이건 뭐 책에 쓸 만한 이야기는 아니지만…….

양영은   아니에요. 가장 가까이서 생명을 느끼셨던 순간, 구체화된 생명체에 대한 느낌을 여쭤본 거였으니까요. 김 교수님은 손주가 세 분이라고 하셨지요?

김병종   남쪽에 '아원'이라는 고택이 있어요. 거기 주인장이 제 방이라고 정해준 조그마한 방이 하나 있어서 가끔 거기서 쉬고 오지요. 하루는 거기서 그렇게 잠을 자고 있는데 새벽 3시쯤 큰아이한테서 문자가 왔어요. '아빠, 지금 막 아들을 얻었어요. 그런데 쌍둥이예요.'

최재천   쌍둥이예요?

김병종   네. 그런데 그때 '아, 기쁘다' 보다는 생각이 좀 복잡해지더라고요. 기쁘면서도 약간 착잡한, 예기치 못한 감정이었어요. 이 험하고 예측불허의 세상에 두 생명체가 지금 어느 별로부터 지구로 왔구나, 알 수 없는 섭리, 창조주가 한시적인 인생에 주는 것이 바로 새 생명이라는 선물이구나, 이런 생각을 하면서 방에 들어갔는데 잠이 안 오는 거예요. 가슴이 두근대서 운동화 끈을 조이고는 어두운 밖으로 나가 하염없이 들길을 걷고, 산을 넘고, 야트막한 신작로를 걸었어요. 사람이 하나도 없는 길을 휘영청한 달빛에 의지해 한 서너 시간 동안은 걸었던 것 같아요. 얼마 전 한 생명이 홀연히 내 곁을 떠나가는 경험을 했는데 다른 두 생명이 또 이렇게 오는 섭리.
어둠 속에서 주르르 눈물이 흘렀습니다. 그러다 그냥 감정의 에포케 epoche

라고 이르는 상태가 되었어요. 철학적으로 판단을 중지해버리는 그런 상태. 나고 죽고 생겨나고 소멸하는 이치에 더해 더는 어떤 추론도 할 수 없더군요. 문득 '아, 해가 뜨는구나. 그리고 저 해는 다시 지겠지' 하는 생각뿐이었어요. 다만 전후에 태어난 저는 큰 변고 없이 지금까지 잘 살아왔는데, 이 아이들이 살아갈 세상도 위험지수가 너무 높아지면 안 되겠다. 이런 생각을 하게 되고 절로 기도하는 마음이 되더라고요.

그 후 며늘아기가 디자이너인데, 아이들의 사진을 실시간으로 찍어서 이것을 또 책으로 만들었어요. 쌍둥이에 대해서 영상을 만들기도 했어요. 그걸 보면서 '참 경이롭다. 참 신비롭다. 그 변해가는 모습들이 참 황홀하다' 이런 생각이 들었는데 둘째 아들 내외에게서 또 손자가 태어났지요. 이 아기가 환하게 웃을 때면 이 때 묻고 낡은 영혼이 저 순결한 웃음을 받아도 될까 하는 마음이 있어요. 그만큼 눈부십니다.

양영은　　그래도 얼마나 얼마나 축복받으신 거예요. 요즘 젊은 부부들은 아이를 안 갖는다며 말도 못 하고 고민하는 분들이 진짜 많아요. 여기서 질문을 이어가면 될 것 같아요. 두 분이 말씀하신 대로 이어령 선생님은 "생명의 자본이다"라는 말씀을 하신 바 있지요. 우리나라는 그 자본을 계속 잃어가고 있어요. 과연 대한민국의 생명력이 지금처럼 유지될 수 있을까 하는 우려가 많지요. 최 교수님이 하실 말씀이 많으실 것 같아요.

최재천　　그렇긴 해요. 최근 제가 어쩌다가 유튜버가 됐어요. 구독자 수가 만만치 않게 늘어나고 있어요. 저도 믿어지지 않는데, 지금 62만 명쯤 돼요. 몇천 명 정도 하다가 폭발하게 된 계기가 대한민국에서 애 낳는 사람은 바보다, 뭐 이런 얘기를 했는데 그게 사람들의 공감대를 불러일으킨 거예요. 약간은 자극적인 섬네일로 포장한 면이 없지 않아 있지만, 사실 저는 오래전부터 비슷한 발언을 해왔어요. 우리 정부가 너무 안이하게 생각하는 거지요. 세금 혜택 조금 주고 돈 10만 원, 20만 원 주면 여성들이 아이를 낳아줄 거라고 생각하다니, 그거 참 얼마나 어리석은 일이에요. 조금 전에 김 선생님이 말씀하신 것처럼 손주가 태어났는데, 할아버지로서 손주가 살아갈 세상을 벌써 걱정하는 상황이잖아요. 그런 판국에

김　　최
병　　재
종　　천

돈 몇십만 원 쥐어준다고 아이를 낳을 거라고 생각하는 발상 자체가 너무 어리석은 거예요.

다른 모든 면과 마찬가지로 대한민국 국민들은 정말 탁월하거든요. 적응력으로는 세계 최고 수준이지요. 상황이 안 좋으니까 안 낳는 거예요. 너무나 당연한 일인데 그걸 마치 여성들이 사회적 반란을 일으킨 것처럼 비난하거나, 여성들이 생각이 부족해서 나라를 말아먹으려고 작정했느냐는 식의 논리를 총동원해서 윽박지르기까지 해요. 저는 그 전체적인 흐름이 너무 유치해서 조금 심하지만 그런 얘기를 했죠.

지금 대한민국 젊은 세대들은 지극히 당연한 진화적 적응 과정을 겪고 있어요. 낳아서 기르는 게 너무 힘든데 그럴 때 낳아서 제 새끼 죽이는 부모보다는 좀 참았다가 세상이 좋아지면 그때 새끼를 낳는 동물이 훨씬 더 적응을 잘하는 거지요. 옛날 어르신들은 낳기만 하면 애는 자기가 알아서 큰다고 이야기하셨는데, 지금은 그런 세상이 아니잖아요. 너무나 많은 걸 미리 알아버린 세상이지요. 무작정 낳아서 그 아이를 어떻게 키울 거냐. 아이를 사교육 시장에 집어넣고 그 많은 비용을 감당할 수 있을까. 설령 감당할 수 있다고 해도 그러면 내 인생은 뭐가 되나. 이런 질문들이 생기는 거지요. 예전에 우리 세대는 그냥 결혼했으니까 애 낳는 거지 했지만 지금은 그런 세대가 전혀 아니잖아요. 그러니까 굉장히 적응적인 현상인데 그것을 이해하지 못하고 쓸데없이 예산을 낭비하는 것 같아 너무 안쓰러워요.

생명 현상을 연구하는 생물학자이다 보니 전 지구적인 환경 문제를 늘 고민하게 돼요. 환경 문제의 핵심은 인구 문제거든요. 사람이 너무 많아서 이런 환경 위기가 생기는 거란 말이에요. 그래서 우리는 굉장히 오랫동안 인구 증가율을 낮춰보려고 무지무지 애를 썼어요. 제3세계에 가서 피임하는 방법을 가르쳐주는 등 다방면으로 애를 썼는데, 인구가 약간 줄어들려고 할 무렵부터 이른바 잘사는 나라들, 즉 선진국들이 자국민 숫자가 줄어든다고 다시 출생률을 높이는 전략을 사용해서 이렇게 된 거예요. 그런데 그렇게 하면 지구 전체로 볼 때 인류의 미래는 암담할 수밖에 없다는 거죠. 그런 면에서 사실 지금 여성들이 아이를 안 낳는 것은 지극히 바람직한 현상이에요. 다만 국가의 입장에서 보면, 국민 수가 줄어들어 경제적 경쟁력 차원에서 불리하게 될 거라고 걱정하는데, 그러면 국경을 없애 버리면 되죠. 사실은 이런 소리 잘못하면 엄청 욕을 먹겠지만 말이에요. 옛날에 우리가 국가 체제로 접어들기 전에는, 이른바 네이션 스테이트 시절 전 국경이라는 게 없었을 때는 사람이 많은 곳에서 사람이 없는 곳으로 자연스럽게 이동했잖아요. 지금 전 지구적으로 출생률이 조금은 낮아

김 최
병 재
종 천

143

지고 있으니까 국경만 없으면 인구가 고르게 분포해 나가는 과정이 계속 이어지며 지구 환경에 참 좋은 일이 되는 것이지요. 그런데 이걸 국가 차원에서 생각하면 남의 나라 사람이 우리나라에 들어오는 것이니 기본적으로 다들 싫어하잖아요. 그러니까 막고, 그러다 보니까 문제가 점점 꼬이는 건데, 뭐 이런 얘기들이 그렇게 사람들에게 환영받는 이야기들은 아니에요. 왜냐하면 이게 학자의 머릿속에서나 나올 법한 약간은 이상적인 얘기거든요. 어떻게 국경을 없앱니까, 지금 상황에서. 그런데 만일 할 수만 있다면, 사람들의 이동을 자유롭게 해줄 수 있는 그런 논의가 진행되어야 하는 거 아니냐 하는 생각이 들어요.

양영은   어쨌든 이 질문은 말씀하신 대로 국가를 전제로 하는 질문이긴 하네요. 진짜 대한민국의 인구 감소 문제를 해결하려면 어떻게 해야 될까요?

김병종   최 교수님의 유튜브를 저도 가끔 보는데 상당히 진보적인 radical 제목이 많이 뜨더라고요. 온화하신 분인데 말이에요. 실제로 옛날에 여성 호주제를 주장하셔서 유학자들에게 뭇매를 맞은 적도 있는 것으로 압니다. 전통 도시 강릉에서 태어나신 분인데도 여성 호주제를 주장하시고 결혼·출산 문제에도 아주 독특한 시각을 보여주셨지요.

인구 감소가 국가 어젠다가 될 거라는 의견은 뭐 그럴 수도 있다고 생각하는데, 저도 최 선생님이 말씀하신 것처럼 출산 장려금이라고 돈을 줄 테니 많이 낳으라고 하는 거는 천박한 자본주의 논리를 생명에 접속시키려고 하는 발상이자 생명 모독 현상이라고 봅니다. 어떤 군은 출산 장려금을 지급했더니 신생아가 늘어 인구가 1.5배가 됐다고 하는데, 방송을 보면 〈나 혼자 산다〉, 〈결혼 지옥〉 이런 게 유행이란 말이지요. 그러니까 한쪽에서는 혼자 사는 게 굉장히 매력적인 일처럼 보여주면서 다른 한쪽에서는 낳아라, 낳아라 이러는 거지요. 사실 과거에는 자기 먹을 것은 달고 태어난다면서 막 여섯 명 일곱 명씩 낳았단 말이에요. 근데 지금은 참 쉽지 않아요. 그러니까 낳자마자 경쟁 체제 속으로 들어가지 않습니까. 저희 며늘아기가 한번은 저한테 상의하면서 자기는 그런 데 휘말리지 않을 생각이라고 했는데, 언젠가 보니 그 아이도 별수 없이 조기 영어 교육 이런 데 한 발 담갔더라고요. 할아버지란 약간 무책임해도 되니까, 그런 데 휘말리지 말고 그저 건강히 자라도록 하라고 일렀죠.

옛날에는 그냥 정말 들풀처럼 아이들이 뛰놀았어요. 그대신 생명의 원초

김   최
병   재
종   천   145

적인 힘, 잠재력 이런 것이 발휘되어 독특한 놈도 나왔는데, 지금은 자로 잰 듯 육아하는 상황에서 돈을 주면서 아이를 낳으라고 하는 천박한 발상까지 더해지니 좀 민망해요. 아까 탈 국경 말씀을 하셨는데, 그동안 우리가 단일민족이라는 걸 자랑해왔지만 요즘은 가끔 시골에 가면 어느 나라 출신 신부 20일 내 속성 구해줌이라고 써 있는 플래카드가 걸려 있는 것 볼 수 있어요. 그렇게 해서 온 신부가 낳은 아이가 학교에 들어가면 그걸 보면서 '아, 우리 엄마가 저렇게 팔려 오듯 여기 왔구나' 하는 생각을 가질 거란 말이죠. 저변의 생명 존엄과 생명 가치 같은 큰 그림을 보지 못하고 자꾸 생산력과 인구 수를 늘리는 데 집착하다 보니 이런 문제가 나오는 거예요.

대학도 마찬가지예요. 돈을 퍼부으면 노벨상을 받아올 것이다, 돈을 퍼부으면 세계적인 작가가 나올 것이다, 이런 사람들이 있어요. 어저께 마침 누가 사우디에 건설하는 '네옴시티' 이야기를 하더라고요. 어마어마한 규모라지요. 제가 그랬어요. "서울의 몇 배나 된다고요? 그럼 거기 누가 와서 살아요?" 그분이 답했어요. "선생님, 이제 국경 개념은 없어질 거예요." 그러면 다른 나라 사람이 온다는 거냐, 그랬더니 다른 나라 사람들이 오도록 매력적인 신도시를 만든다는 거예요. 아, 꼭 우리나라에서 살 필요가 없구나 싶게 수많은 다국적인들이 모여들 거라는 거예요. 시뮬레이션은 해봤을까, 무슨 확신이 있는 걸까 그랬더니 다 해봤을 거래요. 그러니까 새로운 형태의 도시가 나타나면 화성까지 가지 않고도 지구촌 곳곳에서 국경 개념이 사라질 것이라는 주장입니다. 네옴시티가 그 첫 출발이다, 이런 얘기를 하더라고요.

어떻게 진행되어갈지는 모르겠습니다만, 아까 최 교수님이 과격한 어조로 말씀하신 것도 실제로 젊은이들이 살아가기에 만만치 않은 사회임을 지적하신 것이지요. 옛날처럼 허술하지 않아요. 노력한다고 해서 문제가 해결되는 '만만한' 세상이 아니에요. 그래서인지 나 한 몸 잘 살다 가겠다 하는 생각이 만연되어 있는 것 같아요. 우리 부모 세대가 해줬던 것처럼 자신의 모든 것을 희생해서 자식을 제대로 잘 키워야겠다는 생각 같은 것도 많이 탈색되고 있어요.

아, 제가 네옴시티에 대해 또 물었어요. 그럼 그곳에 사람들이 와서 생업으로 무얼 할 수 있느냐고. 그랬더니 일단 이주해 오면 자국민 대접을 해서 의료, 교육 등 모든 걸 국가에서 다 해줄 거래요. 이런 새로운 형태의 주거 문화가 나오는 마당에 우리가 너무 전근대적으로 접근해서는 안 된다고 하더군요. 암튼 무서운 속도로 문화도 문명도 바뀌는 것 같아요.

김 최
병 재
종 천

양영은　　너무 무거운 이야기네요. 화제를 돌려 가벼운 이야기를 해볼게요. 생명 연장과 관련해서 음식은 필수 불가결한 요소이지요. 최 교수님이 아까 논병아리의 추억을 말씀해주셨는데, 사실 음식은 어떻게 보면 나의 생명을 유지하기 위해 다른 생명을 끊는 거잖아요. 두 분의 섭생 철학을 여쭤보고 싶어요.

최재천　　이거 되게 재미없는 답변을 할 것 같네요. 맛집을 찾아다니는 분들 많잖아요. 열심히 찾아보고 시간을 내서 그곳에 가 먹어보는 분들이 있어요. 저는 그렇게 해본 게 언제였나 기억도 안 나네요. 분명히 젊었을 때는 그렇게 했을 텐데……. 기억을 되살려보면, 제가 소바, 우동을 되게 좋아하거든요. 일본의 역전에서 파는 그게 참 맛있어서 일본에 갈 때마다 좋은 레스토랑이 아니라 그냥 아무 역에 있는 허름한 간이식당에서 한 그릇씩 먹곤 했어요. 아침 점심 저녁을 모두 이렇게 때운 적도 있어요. 또 카레도 좋아해요. 예전에 인도에서 학회가 열린 적이 있는데, 학회를 빼먹고 카레를 먹으러 간 기억이 나네요. 약간 반지하처럼 생긴 곳에 비슷하게 생긴 음식점 대여섯 개가 나란히 있었는데, 점심 때 가서 인도 커리를 먹고는 오후에 세미나를 듣는데 계속 생각나서 도저히 안 되겠더라고요. 그래서 세미나 일정을 대충 훑어보고는 재미없을 것 같은 건 빼버리고 혼자 거길 가서 연달아 음식점 세 곳에 들렀어요. 그러니까 점심 저녁 사이에 세 끼를 먹은 거예요.

저도 분명히 그랬던 시절이 있는데, 한 20여 년 전부터는 먹는 거에 대한 욕망이 전혀 없어요. 이게 참 어떻게 생각하면 슬프네요. 그냥 끼니를 때우는 거지 맛있는 걸 먹어야겠다는 생각을 해본 게 언제인지 기억도 안 날 정도예요. 그냥 일해야 되니 빨리 먹자, 그러지요.

제 주변 친구들은 이제 대개 현업에서 물러났어요. 친구들끼리 만든 카톡방을 보면 어디 가서 뭐 맛있는 거 먹었다, 이런 이야기가 계속 올라와요. 그런 것을 볼 때면 '아, 나도 이래야 되는 나이인데 나는 왜 아직도 이렇게 일에 빠져서 이러고 있나' 하는 생각이 들어요. 그러면서 제일 먼저 생각나는 게 바로 음식이에요. 이렇게 표현해도 될지 모르겠는데 '왜 나는 음식에 대한 욕망 자체가 없을까' 하는 생각이 이어져요. 분명 식욕이 없는 건 아닌데, 배가 고프면 먹기는 먹는데, '뭘 먹을까' '어디 가면 더 맛있는 걸 먹을 수 있을까' 이런 생각을 거의 하지 않고 살 거든요. 이게 조금 서글퍼요. 이렇게 사는 건 아닌 것 같은데…….

김
병
종

최
재
천

김병종　저는 음식에 대한 욕망으로 자주 고민합니다. 세상에는 왜 이렇게 맛있는 음식이 많고, 내 욕망은 왜 이렇게 계속해서 음식을 탐하나 싶어요. 이것도 어렸을 때의 어떤 결여를 충족시키고 싶어 하는 무의식적 작용이 아닌가 혼자 생각하지요. 전 세계를 휘돌아다니며 별의별 음식을 다 맛보았는데 나는 아까 말씀드린 서세옥 선생님 댁에서 먹은 정갈하고 품위 있으면서도 맛있는 설날 상차림을 잊을 수가 없습니다. 무려 40년 넘게 설날이면 그 댁 사모님이 차려주신 상을 받아 음식을 먹곤 했어요. 선생님과 사모님은 늘 한복을 차려입으시고 환하게 웃으시며 저희를 맞아주셨는데 선생님 댁에서의 상차림을 받고 나야 새해가 온 것 같은 느낌일 정도였습니다. 지금도 나는 성북동 근처를 잘 가지 못해요. 선생님이 너무 그리운데 그 어른 떠나신 동네는 텅 빈 느낌이랍니다. 세뱃날 대여섯 선배들과 함께 한 상 그득 차려진 설음식을 맛보며 정담을 나누곤 했는데 그때 함께 식사하던 분들이 남김없이 다 떠나가고 이제는 음식의 기억만 남아 있습니다.

이 대목에서 생각나는데, 독일의 저널리스트 디르테 쉬퍼와 유명한 요리사인 루프레히트 슈미트가 쓴 책이 있어요. 《내 생의 마지막 저녁 식사》라는 책입니다. 먹는 행위에 대해 거의 종교적인 하나의 의식을 치르는 듯한 생각이 들게 하지요. 이 책에 따르면 일의 맥이 끊길까 봐 후다닥 인스턴트 제품으로 식사를 때우는 제 방식은 생명과 먹는 행위에 대한 모독이라 할 수 있어요. 이 책을 정말 의미 있게 읽고 많은 사람에게 보냈어요. 그런데 나중에 보니 제가 보낸 책을 읽은 사람이 별로 없는 것 같았어요. 제목만 보고 뭐 이렇게 기분 나쁜 책을 보냈나 생각했을 수도 있었겠다 싶어요.

책을 보면 슈미트는 5성급 호텔의 일류 주방장이었는데 나이 50이 되면서 어느 날 문득 '더 이상 돈 많은 사람들을 위해서 요리하는 게 허무하다. 좀 더 가치 있는 일을 찾아보고 싶다'는 생각을 하게 돼요. 그는 독일의 한 요양병원에서 요리사를 모집한다는 공고를 보고, 근무 조건이 훨씬 열악한데도 거기에 지원합니다. '등대의 불빛'이라는 요양소인데, 삶의 마지막을 기다리는 분들이 있는 곳이었지요. 슈미트는 그곳의 방 하나하나에 가서 식사 주문을 받습니다. 그러면 자신의 생애에서 가장 좋았던 음식, 그걸 떠올리면서 굉장히 행복해한대요. 음식을 주문받고 최선을 다해서 만들어가면 어떨 때는 문 앞에 불이 켜 있는데 그건 밤새 돌아가신 거라는 표시였어요. 음식을 받아 들더라도 대부분 한 입 먹지도 못하면서도 행복해하더라는 거예요. 그들에게 먹는 일은 추억을 먹는 것이었던 셈

김   최
병   재
종   천

이지요. 그러니까 실제로 씹는 행위 같은 게 없어도 그때로 돌아가서 기억을 소환하는 거예요.

전 대체로 작업실에서는 마파람에 게 눈 감추듯 후다닥 끼니를 때우지만, 다음 날 조찬만은 아주 까탈을 부립니다. 저야 뭐 자유직업이니까 아침이라고 해서 시간에 구애받지 않거든요. 제 동반자가 요리를 좋아해서 매일 아침 아주 정성스럽게 다양한 음식을 조금씩 만들어줘요. 그 시간이 참 행복합니다. 전날의 격한 노동이 모두 보상받는 느낌이랄까. 아무튼 식사 이상의 그 무엇을 얻습니다.

어느 날 문득 '아, 쉬퍼가 쓴 책처럼 식사를 못 하게 되는 날이 올 수도 있다. 그러니까 음식의 카르페 디엠 Carpe diem, 지금 음식을 마음껏 향유하자' 이런 생각이 들었어요. 그러자 음식 먹는 태도가 좀 바뀌었지요.

음식과 관련해서 우리나라 사람들은 가볍게 언제 식사나 한번 하자고 해요. 그렇게 언제 식사나 한번 하자고 했는데 식사를 못 하고 간 선배, 제자가 한둘 아니에요. 그렇게 황망히 떠나보내면서 '아, 식사하기로 해놓고서…… 내가 약속을 남발했구나. 비로소 동양에서는 왜 제사가 '식사'였는지 알게 되었어요. 생명은 유한하고 우리는 점점 나이 들어가지요. 생각해보면 식사를 함께한다는 게 참 애틋하고 절절한 일이에요.

아침 식사를 할 때면 그날에 맞는 음악을 선곡해요. 아침 시간만은 고요한 평화 속에서 포크가 달그락거리는 소리 하나에도 의식을 기울이게 돼요. 일종의 '생명 의식'이라고 생각될 때도 있을 정도니까요.

인도의 풍습 중에도 있대요. 함께 식사할 사람을 20일, 30일 전에 세심하게 고른답니다. 식사하면서 서로의 기가 교류된다고 생각한대요. 일종의 종교적 의식에 가까운 거죠.

최재천   좋은 말씀이네요. 아주 깊이 담고 가겠습니다.

양영은   내일부터 음악 선곡하시겠네요. 단답형 질문 하나 여쭤보고 넘어갈게요. 그래서 지금 현재 제일 좋아하시는 음식은 무엇인가요?

김병종   그런 건 따로 없어요. 제 경우는 녹초가 될 만큼 격하게 그림 그리고 난 뒤에 맞는 음식이 늘 최고예요. 게다가 중국이나 일본은 물론 동·서유럽과 북미, 남미, 아프리카까지 헤집고 돌아다니면서 음식에 대한 취향이 다양해지고 미각도 많이 개발됐어요. 지금은 어느 특정한 한 가지 음식보다 다양한 문화권의 다양한 음식을 즐기게 됐어요. 가장 강렬하게 남아 있는 음식의 기억 중 하나는 장차 화가가 되겠다고 굳은 결심

김   최
병   재
종   천   153

을 하면서 새벽 기차를 타기 전에 먹었던 밥이예요.

전 대학생 때 외도를 참 많이 했는데 연극에 빠져 지냈던 것도 그중 하나였지요. 막이 끝날 때의 허무, 올라갈 때의 설렘, 그리고 뒤풀이……. 어렴풋이 이것이야말로 '삶과 죽음'의 퍼포먼스라는 생각을 했던 것 같아요. 무엇보다 좋았던 것은 음식을 함께 나누는 뒤풀이 의식이었던 것 같습니다.

그러다 나중 세계 각지를 돌아다니면서는 '미美'는 '미味'와 하나임을 절실히 느꼈고요.

양영은　　최 교수님은요? 예전에 프로방스에서 드셨던 파스타?

최재천　　파스타, 좋아하지요. 저한테 제일 좋아하는 게 뭐냐고 물으시면, 얼마 전 제 아내가 그러더라고요. 그래도 당신이 좋아하는 건 쌈이라고. 그냥 푸성귀만 놔두면 물론 고기가 있으면 좋지만 뭐 없어도 전 그냥무조건 싸 먹어요. 그냥 매 숟갈 쌈으로 시작해서 끝날 때까지 쌈으로 그냥 끝내요. 늘 그런 건 아닌데, 그 사람이 그러더라고요. 하여간 쌈이 있으면 항상 잘 먹는다. 그래서 생각해보니까 맞는 말이더라고요.

김병종   음식에는 두 종류가 있는 것 같아요. 첫 번째는 지금 말씀하신 솔푸드. 얼마전 이탈리아를 한 달 정도 여행하니까 된장찌개, 김치찌개 같은 우리의 솔푸드가 정말 간절하게 생각나더라고요. 그래서 피렌체 한 식당에 들어가 김치찌개를 먹는데 그냥 거의 그냥 팽 돌아버리겠더라고요. 이처럼 위장뿐 아니라 정신의 심층부까지 건드릴 수 있는 게 바로 이런 솔푸드예요. 어쨌거나 음식을 즐기면서 탐미적으로 그 속에 깃든 문화를 알 수 있지요.

김   최
병   재
종   천   155

양영은 자신이 원하는 것을 충분히 즐기면서 드시기 때문에 두 분은 정말 오래 사실 것 같아요. 그런데 죽음이 두렵기도 하지만 반대로 너무 오래 살까 봐 두렵다는 얘기도 많이 하세요. 저도 사실 그런 생각을 하거든요. 그 두려움은 결국 할 일 없이 오래 살거나 건강하지 않은 채로 오래 사는 것에 대한 두려움인 것 같아요. 요즘 사람들의 또 하나의 걱정인 죽음. 빨리 죽을까 아니면 할 일 없이 오래 살다가 죽을까. 단순한 수명의 연장이 아니라고 하면 어떻게 살아야 될지 또 그 삶을 위해 어떤 준비를 해야 될지 질문을 드리고 싶어요.

최재천 제가 그 질문을 잘못 뒤집어 엎을까 봐 약간 걱정인데요. 지금 굉장한 뉴스가 기다리고 있습니다. 오래전 미국 정부가 비만을 질병으로 선언했잖아요. 그로 인해 관련 산업도 어마어마하게 생겼고, 우리가 바라보는 건강에 대한 생각이 그냥 송두리째 바뀌어버렸지요. 그전에 비만은 그냥 살찐 거지 뭐 어떠냐는 식이었는데, 그걸 질병이라고 규정하니 인식 자체가 바뀐 거죠. 지금 미국 정부가 거의 승인하기 직전까지 온 게 뭐냐. 노화, 노화를 질병으로 선언하기 직전이라고 합니다.
노화에 대해 연구하는 최전선에 있는 몇 분과 제가 좀 가까운 편이라서 얘기를 들어보면, 지금 다들 엄청난 기대감을 가지고 있다고 해요. 만약에 그게 현실화되면……. 웬만한 제약 회사들이 지금 거의 다 약을 준비하고 있다는 거죠. 심지어 그냥 노화를 어느 정도 멈추거나 늦추거나 하는 정도가 아니라 몇몇 쥐 실험에서는 노화를 거스르는, 거꾸로 되돌리는 실험이 성공한 사례도 제법 있어요. 특정 약물을 주입하면 축 늘어져 있던 늙은 쥐가 트레드밀에서 뛰기 시작해요. 그러니까 이제 '당신을 늙지 않게 하겠습니다'가 아니라 '다시 젊게 만들어드리겠습니다'라고 주장하는 학자들이 나타났고, 그런 약물을 이미 준비하고 있다는 거예요. 승인이 나기만을 기다리고 있다는 거지요. 최근에 제가 추천사를 쓴 책을 보면 150세까지 사는 게 거의 눈앞에 왔다고 주장하는 학자들도 있어요.

그럼 이제 포인트는 뭐냐. 양 기자님이 얘기한 것처럼 지금은 120세가 수명의 한계라고 보는데, 100세를 넘기는 분들이 가끔 나오지만 그분들 중 상당수는 중환자실에서 맞이하고 있잖아요. 그런데 그건 아니라는 거죠. 노화학자들이 지금 자신만만하게 밀어붙이는 건 자기네들이 꿈꾸는 세상은 그런 세상이 아니라는 거예요. 건강하게 150세를 살아가는 것을 이제 해낼 수 있다는 것이지요. 하버드 의대의 대표 학자 몇 분은 아직 분명하지 않은데 너무 질러대는 거 아니냐며 우려의 시선을 보내고 있지만, 단

김　　최
병　　재
종　　천

순히 몇몇 사람의 주장이 아니라 우리 인류의 눈앞에 어쩌면 굉장히 건강하게 오래 사는 시대가 와 있는 건지도 몰라요.

저는 그런 연구를 직접 하는 사람이 아니라서 단호하게 얘기할 자신은 없는데, 어쨌든 제가 전해 듣고 있고 읽고 있는 제법 많은 자료에서는 그게 가능한 시점까지 접근했다고 봐요. 그런 시대가 온다면 지금 우리가 노년을 생각하는, 또 죽음을 바라보는 시각이 굉장히 많이 달라지겠지요.

김병종　　저는 기독교적 생사관을 지니고 있는데 생명 生命이란 '살아라!' 하는 명령이라고 생각합니다. 즉, 생명의 주인이 생명을 주었다가 어느 날 다시 찾아간다는 것이죠. 애벌레가 나비가 되어 날아가듯 육체의 죽음 이후에도 그 생명은 계속된다는 생각입니다. 예컨대 '죽음이 있었다. 그리고 삶은 계속된다'이죠. 제 바람은 마지막까지 그림을 그리다가 손에서 붓을 툭 떨어뜨리며 생애를 마치는 거예요. 김병기 선생님이라고, 일찍이 서울대에서 가르치시다가 미국으로 가셔서 한 50년 계시다가 돌아오신 분인데, 돌아가시기 얼마 전에 댁으로 찾아뵈었더니 도쿄에서 전시하기 위해 준비 중이시라며 200호쯤 되는 작품을 하고 계시는 거예요. 집이 작아서 숫제 화판이 현관문을 막아버릴 정도였는데, 104세 되신 현역 화가가 작품을 하고 계셨던 거죠. 그 모습이 참 경이로우면서도 심지어 거룩하다고까지 생각되더군요. 하늘이 주신 명命대로 달란트talent를 다 쓰고 가시는구나 싶은 느낌이었죠. 나도 저러고 싶다는 생각이 물씬 올라오더라고요.

최재천   돌아가셨어요?

김병종   돌아가셨어요, 재작년에.

최재천   몇 년 전에 선생님 전시회 때 오셔서 말씀하셨잖아요. 목청이 우렁찼는데.

김병종   그때가 102세이셨어요. 한 세기를 넘게 사시면서 피카소도 만나고 김일성도 만나셨대요. 돌아가셨다고 해서 빈소에 갔더니 일을 하다가 잠깐 소파에 앉아 쉬신다 싶었는데…… 보니까 돌아가셨더라는 거예요. 요양원을 전전하지 않고 인간의 존엄을 끝까지 지키면서 당신 하던 일을 마지막까지 다 하고서는 조용히 눈감으신 거죠.

<table>
<tr><td>김
병
종</td><td>최
재
천</td></tr>
</table>

이 어른께서 제게 언젠가 나이 드는 것은 마치 산을 오르는 것과 비슷해서 오를수록 힘이 들지만 펼쳐지는 풍경은 깊고 넓고 다채로워진다고 하셨죠. 80이 되니까 70까지는 보지 못하던 경계가 이만큼 보이고, 그다음에 90을 넘어섰더니 '아, 이런 거구나' 하고 또 삶의 경계가 이렇게 열리더라는 거죠.

하루는 그 어른이 김동길 박사님에게 "김 교수, 지금 몇 살이야?" 그러니까 뭐 아흔 몇이라고 하셨대요. 그러자 "정말 좋은 나이다. 참 좋은 나이야" 그러셨답니다. 나이 들면서 자기만이 느끼는 인생의 풍요함이 있는데 신이 숨겨놓으신 그 비밀을 체험하기 위해서도 오래 살아야 할 필요가 있다. 이런 말씀을 하셨어요. 그래서 "선생님, 저도 그렇게 되고 싶은데요" 그랬더니 "그렇게 될 거야" 하셨지요. "왜요?" 하고 물으니 "이름이 비슷하잖아"라고 답하셨어요. 참 유머도 있으셨고, 어떤 면에서 현자이자 생명철학자라고 불러도 좋을 만큼 삶의 철학, 죽음의 미학에 통달한 분이셨죠.

최재천   바로 그게 포인트네요.

김병종　　지적 농담도 잘하시고……. 암튼 멋쟁이셨어요.

최재천　　며칠 있으면 나올 책이 있어요. 원제가 '무드셀라 동물원Methu
selah's Zoo'이라는 책에 제가 추천의 글을 썼는데, 우리말로는 '동물들처럼'
으로 번역하기로 했어요.

새들은 멀쩡히 잘 날다가 어느 날 그냥 떨어져서 죽어요. 근데 날아다닐
때는 젊은 새나 나이 든 새나 체력적으로 별 차이가 없어요. 그렇게 끝까
지 건강하게 살다가 한순간에 떨어지는 거죠. 고래도 수영하고 돌아다니
다가 어느 날 숨을 거두고 가라앉거든요. 우리는 왜 그런 동물들을 연구
하지 않느냐. 이게 이 책의 포인트예요. 그런 동물들을 연구해야 바로 우
리가 그렇게 살다가 갈 수 있다는 거죠.

우리는 유인원 중에서도 특별히 오래 살게 된 동물이거든요. 네안데르탈
인은 우리만큼 오래 못 살았어요. 우리는 어느 순간에 그 고비를 넘어서
오래 살기는 하는데, 건강하게 오래 사는 진화까지는 아직 이루지 못한
거죠.

지금은 노화 연구하는 학자들이 초파리나 꼬마선충을 가지고 연구하고
있는데 그건 기본적으로 세포 수준에서 들여다보는 거고, 진짜 오래 건강

김
병
종

최
재
천

하게 살다가 깔끔하게 끝나는 그런 동물을 연구해야 돼요. 어떤 갈매기가 있는데, 그 갈매기를 연구하던 분은 돌아가셨어요. 그런데 그 갈매기는 몇 년 전에도 알을 낳고 번식에도 성공했어요. 그 비법을 연구해서 적용하면 되는 거잖아요. 오래 사는 게 중요한 게 아니라 오래 건강하게 살다가 가는 게 바람직한 거죠.

양영은　　AI가 그림을 그리기도 하고 글도 쓰는 세상이지요. 두 분이 어렸을 때는 생각하지 못했던 그런 기술의 발전, 현재, 지금의 이 현실을 과연 어떻게 보시고 또 어떻게 전망하고 계시는지 질문드리고 싶어요.

김병종　　제가 자주 인용하는 문장들로 프랑크푸르트학파 문학평론들이 있어요. 대학 때 이 평론가들에게 아주 매료돼서 헤르베르트 마르쿠제의《미학적 차원》이라는 책을 혼자 번역해보기도 했어요. 그때는 테오도어 아도르노 같은 좌파 미학자들에게 많이 심취해 있을 땐데, 제게 깨달음을 준 게오르그 루카치의 문장이 있어요. "문명의 과도한 속도, 즉 영혼의 진보적 타락"이라는 대목이에요. 문명의 속도를 높여 계속 액셀러레이터를 밟아주기만 하고, 브레이크를 안 밟고 통제를 안 하면 그 질주가 그 종국에 영혼의 타락에 부딪히고 만다는 것인데 두고두고 공감하게 됩니다. 이를 특히 예술 영역에 대입시켜보곤 하는데, 어떤 면에서 물질적이든 비물질적이든 간에 예술에서 정신 혹은 영혼이라고 부를 만한 어떤 것을 배제할 수 있을까 하는 생각을 하게 돼요.

그런데 이런 것을 기술이 대신할 경우, 물질로서의 예술은 만들어지겠지만 아직도 예술이 영혼의 분신이라는 신화를 믿는다면 이걸 도대체 어떻

김　최
병　재
종　천　　　　　　　　　　　　　　　　　　　　　　　163

게 받아들여야 할 것인가 하는 당혹감, 자괴감, 절망감 같은 것이 들어요. 전에 이어령 선생님과 이 대목에 관해 대화할 때, 왜 그렇게 김 교수는 자꾸 AI 같은 것을 부정적인 쪽으로 생각하고 두려워하냐고 그러시더라고 요. 그걸 컨트롤하는 것은 사람이라고 하셨죠. 그런데 때때로 사람의 통제력을 넘어서버릴 경우가 우려되는 거죠.

최재천　마르셀 뒤샹이 변기를 갖다 놓았을 때부터 문제가 생기기 시작한 거잖아요. 창작품도 아닌 걸 떡하니 갖다 놓고 보는 사람이 어떻게 느끼느냐에 따라서 달라진다고 해버렸으니⋯⋯. 죄송합니다만, 김 교수님이 그린 그림을 프로그래밍해서 AI로 하여금 비슷하게 그리게 하는 거예요. 그런데 선생님보다 아주 더 세밀하게 잘 그려놓는 거지요. 두 그림을 보며 "난 이쪽 게 더 좋은데?" 하면서 AI가 그린 걸 가지고 가버리면 그걸 탓할 수는 없잖아요.

김병종　그걸 막을 순 없죠. 막을 수 없는데, 생산자의 관점에서 보면 그 속에 저만의 호흡과 리듬이 있거든요. 그 부분까지 AI가 읽어버리게 되면 정말 속수무책이죠. 그리고 그건 말씀하신 대로 소유자와 사용자의 관점이니까, '난 이쪽이 더 마음에 든다' 하면 그거는 정말 어떻게 할 수 없는 부분이죠. 아마 이런 문제가 엄청나게 많이 생겨날 것 같아요, 앞으로.

최재천 제가 최근에 제 유튜브 채널에서 이런 얘기를 했어요. 저는 이런 식으로 전개될 것 같다는 생각이 들어요. 어쩌면 프로그램을 얼마나 잘하느냐에 따라 사실화 같은 것은 거의 사진에 가까울 정도의 기가 막힌 작품을 AI가 만들어낼 수 있겠지요. 그걸 인간이 그린 거랑 자꾸 비교하기 시작하면 인간이 저조해질 거는 너무 당연한데, 이게 추상화로 건너오면 어떻게 될까요? 처음에는 말씀하신 대로 선생님의 영혼이 그림에 담겼으니까, AI가 그걸 흉내내지는 못할 것 같아요. 그런데 코끼리가 그린 그림. 코끼리가 그렸다고 하지 않으면 모르잖아요.

김병종 그렇죠.

최재천 나중에 평론가가 거기다 의미를 부여하고 이 안에 영혼이 담겼다고 그래 버리면 그걸 어떻게 하나.

김   최
병   재
종   천   165

김병종   맞아요. 그런 딜레마가 있어요.

최재천   평생 제가 붙들고 살아온 가장 중요한 개념이 다양성인데, AI 가 만들어내는 것들은 우리가 일부러 프로그램해주지 않는 이상 다양성 을 갖추지 못할 거거든요. 계속 정점을 향해서만, 그들은 탁월함을 향해 서만 계속 달려갈 테니까요. 어느 순간 우리는 그 기가 막히게 탁월한 그 림 중에서 왠지 삐딱한 어느 그림, 거기에 매료되기 시작할 거예요. 그 그 림은 AI가 그린 게 아니라 김 교수님이 그린 그림. 뭔가 저 그림들하고는 다른, 어딘지 조금 비어 있는 듯한……. '나는 왠지 이게 좋은데?' 그렇 게 저는 또 반전의 순간이 올 것 같다는 생각이 들어요.

김병종   제가 세계 미술관을 돌아다니면서 얻은 결론인데 유명한 미 술관에 걸린 그림들에는 공통점이 있어요. 이건 저 나름대로의 사견입니 다만, 약간 못 그린 거, 약간 이상하다 싶은 것들이 주류를 이룬다는 점이 죠. 동양 미술에서는 이것을 졸품拙品 혹은 졸기拙技라고 하는데요. 그 미 묘한 결여, 그래서 매력이 되는 지점, 그것만은 AI가 도달하기 어려운 거 다. 때로 그런 생각을 해봅니다.

최재천   이거 폭탄 발언인데요.

김병종   약간 못 그린 거, 약간 이상한 거, 이런 것들이 압도적으로 많다는 게 지금 말씀하신 대로 사람의 심미안 속에서는 그렇게 완성도 높게 끝까지 밀고 가는 것보다 약간의 결여와 미완성에서 멈추는 것을 선호한다는 거죠. AI 같은 경우 너무 과도하게 진보하면, 우리가 버스를 타서 우측으로 넘어질 것 같으면 얼른 좌측을 잡듯이 사람의 미의식도 균형 감각을 맞추려고 하지 않을까요? 예컨대 그 완벽주의에서 벗어나려는 몸짓 같은 거죠. 그런 제스처를 취하지 않겠는가 생각해봅니다.

양영은   과학자이신 최 교수님은 AI가 생명을 대체하는 정도로까지는 안 갈 거라고, 못 갈 거라고 보시는 건가요?

최재천   몇 년 전 하버드대 심리학과 스티븐 핑커 교수와 이런저런 얘기를 하다가 우리 둘이 의기투합한 부분이 바로 그 부분이었어요. 핑커는 지능에 대해서 굉장히 많은 이야기를 연구한 세계적인 학자잖아요. 그런데 그 양반은 AI는 아예 지능이 아니라고 하면서 AI가 우리랑 어쩌고 저

김   최
병   재
종   천   167

쩌고 하는 그 논의 자체를 부정해버렸어요. 그건 지능이 아니라고, 인간이 프로그램한 거니까 지능일 수 없다고 보는 것이지요.

그 얘기에 저는 이렇게 맞장구쳤습니다. AI가 인간을 대체할 수 있느냐는 질문에 답하다가 그랬는데 저도 절대로 그런 일은 벌어지지 않을 거라고 얘기했어요. 저는 생물학자이다 보니까 AI 또한 다양성 문제라고 봅니다. AI가 자기들끼리 섹스를 하지 않는 한 저는 그들이 우리를 이길 수 없다고 봐요. 섹스를 통해서 유전자를 섞는 과정을 거치지 않는 한 그들이 만들어내는 결과물에는 다양성이 결여될 수밖에 없지요. 굉장히 훌륭한 것들을 만들어내겠지만 거기에 다양성은 존재하지 않아요. 하지만 우리가 굉장히 다양한 조합을 만들어내다 보면, 한동안 우리가 힘들 수는 있겠지만, 그들의 능력 때문에 힘든 삶을 살 수는 있겠지만, 어느 순간 우리가 만들어낸 독특한 다양성 덕분에 누군가가 판을 다시 평정할 거예요.

지구의 역사, 생명의 역사를 놓고 보면 무성생식을 하는 생물들이 훨씬 유리하거든요. 무성생식을 하는 집안에서 만들어내는 것은 전부 암컷이에요. 쓸데없는 수컷을 만드느라 에너지를 낭비할 필요가 없잖아요. 그러니까 우리보다 두 배 빠른 속도로 증식할 수 있단 말이에요. 유성생식을 하는 생물들은 쓸데없는 수컷을 자꾸 만들어야 되거든요. 암컷이 번식하는 주체이니, 가장 훌륭한 건 암컷을 99마리 만들고 수컷은 1마리만 만들어서 그 수컷 1마리가 99마리의 암컷을 상대해주면 되는 거거든요.

근데 우리는 50 대 50 비율을 계속 추구하니까 불리해요. 그럼에도 불구하고 지금 이렇게 둘러보면 유성생식을 하는 생물들이 세상을 지배하고 있잖아요. 이게 뭘까. 긴 싸움에서는 다양한 변이를 소유한 유성생식 생물이 결국 살아남는다는 거지요. 따라서 제 생각에 길게 보면 AI가 우리를 이길 수 있는 방법은 자기네끼리 섹스하는 방법밖에 없다는 거죠. 그런데 그건 불가능하지 않을까요.

김병종   얼마전 흥미로운 글을 본 적이 있는데 과학이 발달하면 생태계의 교란이 올 거란 내용이었죠. 그중 인류가 섹스리스 상태로 갈 거라는 예측이 있어요. 가상 상태에서 자기에게 맞는 최적의 상대를 설정한 후에 환상적으로 사랑을 나누고, 그것이 실제 체험보다 월등하게 쾌감이 높아지면 섹스를 안 하게 될 거다. 그렇게 되면 "저기 말이야, 2020년경 우리 할아버지 세대에는 남녀가 직접 만나서 막 옷을 벗고 이렇게 사랑을 나눴대. 세상에 그런 원시적이고 불결한 일이 있을 수 있니?" 이렇게 말하는 시대가 올 거라는 거죠. 한 개체가 다른 개체를 만나서 어떤 도덕률

김   최
병   재
종   천

속에서 사랑을 나누고 생명을 잉태하는 것이 거의 원시적 문화가 되고, 대신 변종적이고 변칙적인 형태의, 신체 접촉이 없는 관계가 이어지면 인구 소멸이 필지必至의 결과로 나타날 것이라고 예측한 글이었어요. 그러면 그때 비로소 인간 종種의 멸종으로 지구의 역사는 막을 닫게 될 것이다. 이런 얘기였죠.

양영은　그걸 바라시는 건 절대 아니죠, 선생님?

최재천　똑같은 논리! 그런 테크놀로지가 제공될 수 있는 사회는 그렇게 가겠죠. 그런 걸 누릴 수 없는 사회는 여전히 옛날 스타일 섹스를 즐길 거고. 그런 곳에서 세상을 평정할 새로운 변이가 나타나겠죠.

양영은 　생명을 얘기하기 시작해서 섹스까지 나왔네요. 이제 마무리
질문을 드릴게요. 아까 언급하신 영혼의 진보적 타락에 대해 말씀을 듣고
싶어요. 사실 지금 이 시대가 그런 상태라고 생각할 만한 현상이 많이 나
타나고 있잖아요. 팬데믹도 그렇고 경제위기나 뭐 여러 가지 현상들이 지
금 보이고 있는데, 두 분이 보시기에 지금 이 시대에 가장 필요한 건 뭐라
고 생각하시나요. 여기에 더해 과학이나 예술의 역할은 무엇일까요.

김병종 　역할이라기보다는 그 어떤 집단적 흐름 말고 개체의 개성과
기질, 이런 것들이 만발하는 쪽으로 문화가 갔으면 합니다.
제 개인사를 다시 말씀드리자면, 지금 생각하면 일종의 중2병이라고 할
수 있는데, 중학교 2학년 정도 됐을 때의 일이에요. 주체할 수 없을 만큼
한꺼번에 어떤 생각, 상념, 이상한 에너지 같은 것들이 두서없이 폭발적
으로 막 쏟아져 나오더라고요. 하여튼 그때 에너지가 들끓어서 흰 종이만
보면 마구 그려댔는데 보이고 싶어도 발표할 데가 없었어요. 무릇 모든
창작은 내보이고 싶은 욕망을 전제로 하는데 말이죠. 그때 그 작은 도시
의 고색창연한 역 앞에 오래된 「복지다방」이라는 곳이 있었어요. 시인과
판소리 하는 사람들이 드나드는 일종의 '살롱' 같은 곳이었죠. 가끔 시화

김　최
병　재
종　천

전이 열리기도 했는데, 중2 때 그림을 그려서 들고 거기를 찾아갔죠. 그 랬더니 무쇠 난로 위에 주전자가 끓고 있는데 한복 입은 주인 마담이 시 큰둥하게 그림들을 바라보더라고요. 그때 함께 어울렸던 이중근이라는 미대 나온 선배의 이름을 대고 그 형이 소개해서 왔다고 했지요. 지금 코 스타리카에 가 계시는 노인인데, 그때 미술 대학을 나오셔서 시골에서 재 야 작가처럼 계셨던 분으로, 그분한테 그림을 배웠거든요. 마담에게 여기 서 개인전을 열 수 있도록 부탁해 놓았으니 찾아가보라고 한 거였어요. 마담이 여자 얼굴을 막 환상적으로 그려놓은 그림을 보고는 "너는 왜 풍 경을 안 하고 이런 걸 하냐"고 그러더라고요. 시큰둥하게 두고 가라고 했 고 전시가 열리게 된 거죠.

제가 어렸을 때 화가라고 하는 것은 직업이 아니었어요. 게다가 집에선 한사코 막으려고 했고요. 저는 그림을 그려서 상장을 받으면 들키지 않 으려고 빳빳한 상장을 접어 종이비행기를 만들어서 보리밭 위로 확 날려 버리고 집에 오곤 했어요. 더구나 이상한 여자들 얼굴을 그려서 다방에서 전시회를 하면서 완전히 문제아로 찍혀버린 거예요. 그 좁은 시골에서 문 제 소년으로 찍혀 여기저기서 수군거리는 게 들렸어요. 그러면서도 줄기 차게 이 일을 하면서 여기까지 온 것이지요. 돌아보면 참 눈물겹기도 해요. 격려받으면서 한 일이 아니었는데 용케 버티면서 해냈구나 하는 느낌 같은 거죠.

지금 출판가에서 유행하는 소위 위로서들, '괜찮아', '할 수 있어', '넌 옳아' 종류의 책들이 조금 지겹게 느껴질 때가 있어요. '힐링, 힐링' 그러는데, 진정한 힐링은 저 하고 싶은 일을 찾아 거기에서 성취감과 행복을 느끼며 살게 하는 것이 아닐까 싶어요. 전 아무리 생각해도 타고난 환쟁이인데 집에서 한사코 이를 막아서며 행정고시에 패스해서 그 지역 군수로 금의환향하기를 바랐으니 엇박자도 보통 엇박자가 아니었죠.

최재천   저한테도 비슷한 일이 있었어요. 강릉 같은 시골에서는 서울대를 다닌다 그러면 공부에 관해서는 끝난 거잖아요. 미국 유학을 가기 전에 할아버지 할머니께 마지막 인사를 드리러 갔어요. 그러자 할아버지는 왜 또 공부를 하러 외국에 가느냐고 물으셨어요. 그래서 제가 "할아버지, 제가 더 공부할 게 있어서요"라고 했더니 할아버지가 하시는 말씀이 "그러면 언제 돌아와서 강릉 시장을 할 거냐"였어요. 저희 할아버지의 세계에서는 고을 원님이 되는 게 최고였던 거지요. 저희 아버지는 제가 생물학을 하는 것을 그닥 탐탁해하지 않으셨는데도 불구하고 할아버지가 강릉 시장 이야기를 하자 발끈하시더라고요. "얘가 강릉 시장 정도 하려고 지금 미국 가는 게 아니에요, 아버지"라면서요.

김병종   훌륭하신 아버님이시네요.

최재천   우리 할아버지는 거기서 한 술 더 떠 "그래? 그러면 도지사를 해라" 하셨지요. 하여간 저는 강릉 시장도 못 하고 도지사도 못 한 불효를 저질렀지만, 저도 똑같은 얘기를 그냥 하렵니다. 결국은 이게 다양성의 문제인데, 지금 우리 사회는 이른바 정규 교육이라는 틀 속에 모두를 갖다 욱여넣고 똑같은 제품을 찍어내고 있어요. 저는 이제 이런 건 진짜 좀 그만했으면 좋겠다 싶어요.

대학수학능력시험을 아예 없애거나 아니면 비슷한 시험을 여러 개 만들어서 어떤 놈은 수능을 보고, 어떤 놈은 그림 그리는 테스트를 받고, 어떤 놈은 뭐 이거 말고도 다양하게 자기의 능력을 검증받을 수 있는 그런 길들을 만들어줄 만한, 우리나라가 이제는 충분히 그럴 만한 나라가 됐다고 봐요. 우리나라는 지금 세계 10위 경제 대국으로 우리 아이들을 그렇게 옥죄지 않아도 대부분 굶어 죽지 않거든요, 이젠. 웬만하면 다 살아갈 수 있을 만큼 충분히 부자 나라가 됐는데, 우리 부모들의 생각은 여전히 옛날 지지리도 못살던 시절의 답답한 사고방식을 떨쳐내지 못하고 있어요. 저 집은 무슨 이득을 봤나, 저 집은 뭘 한다더라. 그런데 우리는 왜 그런 기회가 없어. 그래서 온갖 것을 총동원해 서울대에 갔다고 치자고요. 그 길만이 우리 모두가 달려가야 할 길은 아니잖아요. 이제 세상이 분명히 변했는데, 우리 부모들의 생각은 너무나 변하지 않고 있어요.

이런 점이 참 안타까워서 최근에 《최재천의 공부》라는 다소 엉뚱한 책을 펴냈는데, 제 저술 역사에서 제일 많이 팔리고 있어요. 원래 안 팔리는 책만 쓰던 사람이 어떻게 막 팔리는 책을 써가지고 저도 약간 당황스러운데, 하여간 그 책에서 제가 주장한 게 바로 그런 거예요. 이제 자기만의 삶을 살아갈 수 있게끔 좀 풀어주자. 우리 아이들도 풀어주고, 우리 스스로도 좀 풀어주자.

김 교수님이나 저나 이제 대학 교수 생활을 다 접었잖아요. 그런데 우리 모두는 잘못하면 공연히 오래 살 수도 있는 사람들이잖아요. 그러면 우리는 이제부터 뭘 해야 되나. 물론 김 교수님이야 그림이 있기 때문에 구태여 다른 걸 추구하지 않아도 돌아가실 때까지 하실 수 있는 아주 확고한 게 있으시지만, 저는 그 정도로 확고하지는 않으니까 이제 후년부터는 내

<table>
<tr><td>김</td><td>최</td></tr>
<tr><td>병</td><td>재</td></tr>
<tr><td>종</td><td>천</td><td></td><td>175</td></tr>
</table>

가 내 삶을 어떤 식으로 재구성할까 요즘 고민하고 있어요.

그런데 여기서 그냥 접을 수는 없는 거잖아요. 그러면 또 뭔가를 시도해야 하고, 그러려면 또 뭔가를 배워야 할지도 모르죠. 그래서 이 배움이라는 건 끝이 없는 건데, 어떻게 전 국민이 열아홉 살짜리들의 시험에 이렇게 목을 매고 살아야 되나 싶어요. 그건 그거대로 하고 70줄에 들어선 우리도 뭔가 새로운 시험을 봐야 될지도 모르지요. 다양한 관점에서 좀 여유롭게 서로가 서로에게 공간도 내주고 '너는 그렇게 해. 나는 이렇게 할래' 하면서 살아야지요.

양영은　이야기를 마무리짓기에 앞서 미처 못 하신 말씀이 있다면 한 마디해주세요.

최재천　짧게 한마디 할까요? 저도 머지않은 미래에 김 교수님을 제 어딘가에 갖다 놓겠습니다. 교수님 그림 한 점을 어떻게든 구해서 제 공간에 갖다 놓겠습니다. 제 삶에도 교수님의 흔적을 좀 남겨놓겠습니다.

김병종　2014년에 이어령 선생님과 〈생명 2인전〉을 연 적이 있는데 최 교수님하고도 장차 2인전을 하는 날이 오지 않을까 싶네요. 제가 알기에 조소를 하고 싶어 하셨지요? 예술적 심미안, 과학자의 눈, 시인의 가슴 다 갖추신 분이니까 호흡이 잘 맞을 것 같아요. 기대됩니다.
저는 일찍 선생이 돼서 40년 동안을 학교에 있었어요. 공자의 '인생삼락 人生三樂' 중 하나인 가르치는 보람을 느꼈던 것도 사실이지만, 화가로서 상당히 많은 부분이 거기에 할애됐구나, 가끔 그런 생각이 들어요. 말씀 드렸듯, 중2 때 다방에서 개인전을 할 때 에너지가 폭발하는 것을 느꼈는데, 교수 초년 시절에 〈바보 예수〉를 하면서 골판지에다가 한 200여 점 그리면서 그때 다시 한번 내부로부터 폭발하는 기운을 느꼈어요. 신체적인

김
병
종

최
재
천

나이와는 관계없이 요즘에 그런 기운이 또 올라오는 게 느껴져요. '가르친다'라는 큰 영역이 떨어져 나가면서 환쟁이 본연의 '나'로 돌아오는 것을 느낍니다. 제3의 물결이 아니라 제3의 폭발 같은 게 오고 있다는 느낌입니다. 올해 책이 다섯 권 나왔고 그림 대작 여러 점과도 사생결단 씨름을 했어요. 작년에 54m짜리 그림도 그렸지요. 사랑의 교회에 대형 벽화를 석채로 그렸습니다.

반추해봤을 때 창작의 에너지라는 것은 신체 나이와 크게 상관없는 것 같아요. 내부로부터 끓어 올라오는 어떤 기운 같은 건데, 요즘 그 기운을 응시하곤 해요. 30~40대 때의 그것과 별로 달라지지 않은, 제3의 에너지예요. 억제되었던 욕망을 풀어놓고 다시 불을 붙여놓자 발화해 나가는 거죠. 가끔 '아, 정말 서른여섯 살 때 연탄가스로 가버렸으면 참 억울할 뻔했다. 이런 기운을 못 받았겠구나' 하는 생각이 듭니다.

1994년 대작. 숲은 잠들지 않는다.

김   최
병   재
종   천

최재천

알이 닭을 낳는다

5월은 산다는 것에 대해 많은 걸 생각하게 하는 달이다. 5일은 어린이날, 8일은 어버이날, 그리고 석가탄신일도 들어 있다. 우리는 왜 태어난 것일까? 무엇 때문에 사는 것일까? 침팬지를 비롯한 많은 다른 동물들도 그들 나름대로 무언가를 생각하며 산다. 무엇을 먹을 것인가, 어디에 숨을 것인가 등은 물론, 심지어 누구와 손을 잡아야 권력을 쥘 수 있는가까지 생각하며 살아간다. 하지만 삶의 의미 그 자체에 대해 생각하며 살아가는 동물이 우리 인간 외에 또 있는지는 확실하지 않다.

산다는 것은 무엇인가? 시인 김상용은 그저 "왜 사냐건 웃지요"라 했다. 어린이용 사전에서 '생명'이란 단어를 찾아보면 대개 "태어나서 죽을 때까지의 기간"이라 정의되어 있다. 어른들을 위한 사전에는 상당히 많은 정의와 설명들이 있지만, 아이들에게는 시간적인 정의를 주었다. 삶에는 무엇보다 시작과 끝이 있다는 이른바 한계성이 생명의 특성 중 아마 가장 뚜렷한 것인가 보다. 불교에서는 우리 삶을 생로병사라 일컫는다. 제아무리 천하를 호령하던 진시황도 불로초를 찾아 헤매다 결국 한 줌의 흙으로 되돌아가지 않았는가.

생명은 윤회한다는 것이 불교의 가르침이다. 기독교인들은 인간이라면

최
재
천

누구나 언젠가는 죽지만, 원죄를 뉘우치고 예수님을 영접하면 영생을 얻을 수 있다고 믿는다. 이처럼 종교는 우리에게 생명의 한계성을 극복하고 영원히 살아남을 수 있는 길을 보여준다.

박테리아는 대개 이분법이라는 방식으로 번식한다. 하나의 박테리아가 둘로 갈라져 새로운 박테리아를 생성한다. 그런데 어떤 박테리아는 때로 접합이라는 과정을 통해 회춘을 꾀하기도 한다. 두 마리 박테리아가 접합관이라는 통로를 연결하여 서로 유전물질을 맞바꿔 삶의 새 출발을 기도하는 것이다. 〈고린도후서〉 4장 16절의 말씀대로 겉 사람은 낡아가나 속 사람은 새로워질 수 있다는 말이다. 이론적으로는 이러한 방법으로 영원히 죽지 않고 살고 있는 박테리아가 있을 수 있다.

이처럼 삶을 개체 수준에서 바라보면 누구나 한계성 있는 생명을 지니지만 유전자의 눈으로 다시 보면 생명은 영속적이다. 나는 비록 죽어 사라지더라도 내 유전자는 자식의 몸을 통해 영원히 살아남는다. 우리는 살아 숨 쉬고 움직이는 우리들, 즉 생명체들이 생명의 주체라고 생각하지만 영원히 살아남는 것은 유전자뿐이다. 그래서 하버드대학의 생물학자 에드워드 윌슨은 "닭은 달걀이 더 많은 달걀을 얻기 위해 잠시 만들어낸 매체에 불과하다"고 했다.《이기적 유전자》의 저자 리처드 도킨스에 따르면, 유전자야말로 태초부터 지금까지 존재해왔고 앞으로도 살아남을 '불멸의 나선'이고, 생명체란 그저 유전자들의 복제 계획을 달성하기 위해 잠시 만들어진 '생존 기계'에 지나지 않는다. 태초의 바닷속에서 어느 날 우연히 자신을 복제할 줄 아는 화학물질로 태어난 DNA는 몇십억 년 동안 온갖 모습의 몸을 만들며 지금도 면면히 그 생명을 이어가고 있는 것이다.

최
재
천

숨겨주고 싶은 자연

　　새들은 대부분 일부일처제의 번식 구조를 가지고 있다. 갈매기가 그렇고 원앙이 그렇듯이 암수가 함께 새끼를 키운다. 알이 수정되자마자 몸 밖으로 내놓기 때문에 암컷이 수정란을 일정 기간 몸속에 끼고 키우는 포유동물들과 달리 아내와 남편이 공평하게 자녀 양육에 참여할 수 있다. 둥지 안에 덩그러니 놓여 있는 알들을 내려다보며 아내가 남편에게 "당신이라고 알을 품지 못한다는 법이 있는가?"라고 묻는다. 그래서 새들의 세계에는 일부다처제가 드물다.

하지만 뜻밖에도 일처다부제는 줄잡아 20여 종의 새들에게서 관찰된다. 얼마 전 우리나라 중부 지방 어느 습지에서 관찰된 호사도요도 그중 하나다. 도요새들 중에는 재미있는 번식 구조를 가진 새들이 또 있다. 북유럽에 서식하는 점박이도요는 '렉lek'이라는 기상천외한 짝짓기 제도를 갖고 있다. 해마다 번식기가 되면 조상 대대로 모여드는 곳에 수컷들이 먼저 날아와 제가끔 춤을 출 수 있는 공간을 확보한 후 초조하게 암컷들을 기다린다. 드디어 암컷들이 나타나면 렉은 광란의 도가니로 변한다. 수컷들은 모두 자기 앞에 나타난 암컷들에게 잘 보이기 위해 온갖 기이한 몸짓과 괴성을 동원해 교태를 부린다. 암컷들은 이 수컷 저 수컷의 공연을 감상한 후 마음에 드는 수컷과 짧막한 정사를 나누곤 훌쩍 날아가 자식은 수컷 혼자 키운다.

호사도요는 1887년 러시아 생물학자가 서울 근교에서 암컷 한 마리를 채집한 것을 끝으로 우리 산야에서 자취를 감춘 줄 알았는데 2005년 그 기막힌 자태를 드러낸다. 막상 서식하고 있는 모습이 언론에 보도되자 다른 지역에서도 살고 있는 것을 목격했다는 제보들이 뒤를 이었다.

호사도요는 참 귀한 새다. 수적으로 귀할 뿐만 아니라 사는 방식도 참으로 별나다. 이 세상 대부분의 동물들은 수컷이 암컷보다 화려한 것이 통례인데 호사도요는 암컷의 깃털이 훨씬 더 화려하다. 호사도요 수컷은 다른 많은 새들의 암컷이 그렇듯이 둥지 색깔과 그리 다르지 않은 갈색 깃털로 뒤덮여 있는 반면, 암컷은 붉은색, 검은색, 흰색 깃털로 장식된 세련된 가슴을 자랑한다. 이른바 일처다부제의 번식 구조를 가지고 있는, 자연계에 몇 안 되는 동물들 중 하나다. 다른 종들의 경우 종종 수컷들이 하듯 호사도요 암컷은 자기만의 영역을 보호하며 그 영역 안에 둥지를 튼 여러 수컷들에게 따로따로 알을 낳아주고 키울 수 있도록 배려한다. 이렇게 흥미로운 새가 우리나라에 살고 있었다니 다시 한번 생명의 끈질김에 머리가 숙여진다. 어느 곳 하나 성한 데 없는 만신창이 금수강산에서 어떻게 여태 그 고운 색깔을 유지하고 있었을까.

아주 어렸을 때 나는 금붕어가 사람들이 일부러 물감을 들인 물고기인 줄 알았다. 시골 개울에서 잡는 물고기들은 거의 한결같이 희끄무레한 색을 띠고 있었기 때문에 금붕어는 필경 이 세상 물고기가 아니리라 생각했다. 아마도 각시붕어였나 보다. 어느 날 예쁜 색동옷으로 갈아입은 그 고운 고기 한 마리를 개울에서 건져 내 손 안에 쥐기까지는 물속에 그런 색들이 헤엄치고 있으리라고는 상상조차 하지 못했다.

사진 속 호사도요지만 너무나 고와 보인다. 하지만 그 고운 색깔을 신문에서 보는 순간, 반가움은 잠시일 뿐 걱정이 앞섰다. 발견된 지역 이름을 밝힌 활자가 너무나 크게 보였다. 이제 곧 누군가가 저들을 잡으러 갈 것 같은 불안함에 치가 떨렸다. 해치려는 사람들이 아니더라도 그들을 보겠다고 떼거지로 몰려가는 날이면 그 새들은 어쩌면 어렵게 마련한 보금자리를 포기해야 할지도 모른다. 주말 아침이면 젊은 여성 리포터가 인적이 드문 오지를 소개하는 텔레비전 프로그램이 있다. 워낙 좁은 땅덩어리에 갈 곳이 마땅치 않은 우리들에게 깨끗한 자연과 접할 수 있는 곳을 알려 주는 것은 분명 좋은 일이다. 하지만 그 프로그램을 볼 때마다 "아, 또 한 청정 지역이 사라지는구나" 하는 탄식이 내 입에서 절로 터져 나온다.

수필가 고故 장돈식 선생은 그의 수필집 《빈산엔 노랑꽃》에 크낙새를 발견하곤 새를 연구하는 대학교수 연구실의 전화번호를 뒤적이다 수화기를 놓고 만 얘기를 적었다. 새 편을 들기로 한 것이다. "학계는 천하를 얻은 듯 날뛰겠지만" 그 통에 크낙새의 운명은 또다시 바람 앞에 촛불 신세를 못 면하리라는 생각에 그는 그 누구의 눈에 띄기 전에 어린것들이 어서 자라 더 깊은 숲속으로 날아가기만 가슴 졸이며 빌었다 했다.

나도 예전에 자연 생태 조사를 하던 중 참으로 반갑게도 반딧불이를 발견한 적이 있다. 그 지역에서 반딧불이가 관찰된 지 너무도 오랜 터라 밤새도록 그들의 군무를 올려다보며 즐거워했다. 칠흑같이 어두운 밤하늘을 배경으로 초록색 불빛을 반짝이는 그들이 너무도 소중했기에 나 역시 입을 다물기로 했다. 학자로서 할 일이 아닌 줄은 알았지만 학문도 그들이 살고 난 후에야 할 수 있는 일이라 생각하고 마음의 눈을 슬며시 감아버렸다.

최
재
천

사라져가는 것들

나는 어렸을 때 할아버지에게 호랑이 얘기 듣는 걸 무척이나 좋아했다. 달이 너무 밝아 먼동이 트는 줄 알고 한밤중 밭에 나가 김을 매고 있는데 무슨 큰 짐승이 밭이랑 사이로 휑하니 지나가더라는 것이다. 설마 하고 계속 김을 매노라니 이번엔 반대쪽을 향하여 또 무언가가 바람을 가르며 스쳐 가더란다. 순간 섬뜩한 예감이 들어 사방을 둘러보니 들판 저 끝 솔밭에 불빛 두 개가 이글거리며 밭 쪽을 내다보고 있더라는 것이다. 그제야 할아버지는 비로소 당신이 김을 매기 시작하신 지 두어 시간이 족히 흘렀건만 동틀 기미가 보이지 않는다는 걸 알았다고 한다. 서둘러 낫이랑 호미를 챙겨 솔밭 길을 헤치며 거의 3킬로미터나 떨어진 집으로 돌아오는 동안 줄곧 무거운 발소리가 뒤를 따르더라는 것이다. 가끔씩 흙모래가 언덕을 타고 내려와 어깨를 두드리기도 했다고 한다. 나는 이 얘기를 적어도 열 번 이상 청해 들었다. 매번 가쁜 숨을 몰아쉬면서 말이다. 공식적인 기록에 의하면 남한 땅에서 호랑이가 마지막으로 목격된 것은 지금으로부터 90여 년 전 일이다. 할아버지의 호랑이 무용담은 그보다 적어도 10년은 더 옛날, 대관령 기슭을 배경으로 한다. 호롱불을 벗 삼아 따뜻한 구들에 모여 앉아 밤새도록 나누는 시골의 얘기들 중 상당수가 부풀

최
재
천

려진 얘기이긴 하지만, 나는 어쩐지 할아버지의 호랑이 얘기는 진실일 것만 같았다. 어려서 산 너머 큰댁에서 해가 지도록 놀다가 어두운 솔밭 길을 따라 집으로 돌아올 때면 나도 혹시 호랑이를 볼 수 있지 않을까 하는 기대감에 늘 가슴을 졸이곤 했다. 삼촌들 꽁무니에 바짝 붙어 걷는 덕에 무섭다는 생각보다는 그 신비의 동물을 내 눈으로 직접 보고 싶다는 생각이 더 컸던 것 같다.

한동안 경상북도 청송 사람들이 호랑이 얘기로 밤을 지새운다는 얘기가 나돌았다. 호랑이를 보았다는 마을 사람들의 소문이 자자하더니 드디어 어느 방송국에서 설치한 무인 카메라에 어슴푸레 호랑이 비슷한 동물의 모습이 찍혔다. 러시아에서 호랑이 전문가들까지 초청하여 잠정적으로나마 호랑이일 것 같다는 판정까지 받았으니 그 흥분이 오죽하랴. 그러나 지금까지 제시된 증거들로는 호랑이일 가능성이 사실상 희박하다. 토끼나 담비 같은 동물들의 모습이 카메라에 잡힌 걸 예로 들어 청송 지역 산야에는 호랑이의 먹이가 될 만한 동물들이 풍부하다는 얘기까지 덧붙였지만, 생태학적으로는 전혀 검증되지 않은 사실이다.

얼마 전에는 비무장지대에 호랑이가 살고 있을지도 모른다는 내셔널지오그래픽 기자의 발언이 또 한 번 사람들의 마음을 흔들어놓았다. 직접 산속으로 누가 그리 자주 들어가지는 않는다 하더라도 인근에 차도 다니고 사람들이 살고 있는 청송보다는 반세기 넘도록 인간의 그림자가 비치지 않은 비무장지대에 호랑이가 살고 있을 것 같다는 얘기는 언뜻 훨씬 설득력이 있어 보인다.

논의를 위해 호랑이가 한두 마리 아직도 우리 땅 어딘가에 살고 있는 것으로 밝혀진다고 가정해보자. 절멸한 지 50년 넘도록 어떻게 살아남았는지는 잠시 흥미로운 뉴스거리가 될 망정 생태학적으로는 거의 의미 없는 사건이다. 자생 능력을 갖춘 개체군이 살아남아 있는 것도 아니고 그저 한두 마리가 겨우 목숨을 유지하고 있는 것은 사라져가는 한 동물의 쓸쓸한 마지막 뒷모습을 보는 것에 지나지 않는다. 호랑이 한두 마리 정도는 동물원에도 있다.

유명한 생태학자의 이름을 딴 '앨리 효과Allee effect'라는 생태학 개념이 있다. 어느 동물의 개체군 크기가 너무 작아지면 먹이를 함께 찾을 수도 없고, 포식자들로부터 스스로를 지킬 능력도 상실하며, 심지어 암수가 서로를 만날 수 있는 확률이 낮아져 번식도 어려워진다는 것이다. 오래된 개념이지만 오늘날 보전생물학자들에 의해 다시금 새롭게 그 의미가 부각되고 있는 이 이론에 따르면 어느 날 갑자기 절멸 위기에 놓인 동물 몇 마리를 찾았다고 해서 기뻐 날뛰는 것은 성급한 일이라고 할 수밖에 없다. 스스로 살아갈 수 있는 수준의 개체군을 발견해야만 비로소 안심할 수 있는 것이다.

영국 스코틀랜드 네스호의 괴물에 얽힌 설화는 너무나도 유명하다. 얼마

전에는 지진 같은 지각 변동 때문에 자칫 그럴듯해 보이는 증거들이 가끔 나타나는 것이라는 보도가 있었다. 그 괴물을 찾기 위해 그야말로 평생을 바쳐온 이들에겐 여간 맥 빠지는 연구 결과가 아니었을 것이다. 공룡이 이 지구상에서 자취를 감춘 지 어언 6000만 년이건만 도대체 어떻게 그 사촌이 홀로 그 오랜 세월을 그곳에서 살아왔다고 믿을 수 있단 말인가. 한 마리를 찾기도 이렇게 어려운데 그 호수 속에 아직도 한 개체군이 버젓이 서식하고 있으리라 믿는 것도 아닐 테고. 생각해보면 도대체 수명이 얼마나 긴 파충류이기에 아직도 살아 있단 말인가.

극동 러시아 지역에 서식하고 있는 야생 호랑이 개체군도 이미 앨리 효과의 깊은 수렁에 빠졌을 것이라는 연구 결과가 있다. 자기 행동권 안을 아무리 돌아다녀도 다른 호랑이의 그림자조차 볼 수 없는 지경으로 그 수가 줄어들었기 때문이다.

삼천리 방방곡곡 어디 한 군데 할퀴어놓지 않은 곳이 없는 마당에 이제 와 어느 산모퉁이에서 겨우 호랑이 한 마리를 찾았다고 해서 우리나라의 환경이 원시 그 자체라며 자랑할 수 있는 것은 결코 아니다. "너희 중에 어느 사람이 양 100마리가 있는데 그중 하나를 잃으면 99마리를 들에 두고 그 잃은 것을 찾아다니지 않느냐" 하신 그리스도의 마음이라면 모를까, 그저 한 마리 남아 있을까 말까 한 것을 찾았다 하여 "즐거워 어깨에 메고" 집에 올 일은 아닌 것 같다.

다름의 아름다움

　　광우병 공포가 미처 가시기도 전에 구제역 바이러스가 전 세계를 유린하고 있다. 유엔 산하 세계식량농업기구FAO는 그 어느 나라도 구제역으로부터 안전할 수 없다고 경고했다. 실제로 영국에서 시작된 구제역은 유럽은 물론 중동과 남미에서도 발생하더니 이젠 드디어 몽골에까지 나타났다. 때맞춰 극성을 부리는 황사가 구제역 바이러스를 실어 오지 않으리라고 아무도 장담하지 못한다.

1969년 당시 미국 공중위생국 장관은 "전염병의 시대는 이제 그 막을 내렸다"고 호언장담했다. 이 얼마나 경솔한 판단이었던가. 20세기 의학의 가장 위대한 업적으로 꼽히는 페니실린의 발견으로 인류는 세균에 의한 감염에서 해방되는 듯 보였다. 그러나 세균과 벌인 우리의 전쟁은 그리 쉽사리 끝나지 않았다. 상처 부위의 감염을 유발하는 포도상구균의 경우만 보더라도 1941년 그 계통의 거의 모든 세균들이 페니실린에 의해 쉽게 제거되었다. 하지만 그로부터 불과 3년 만인 1944년 몇몇 균주들이 페니실린을 분해하는 효소를 만들어내기 시작했다. 오늘날에는 포도상구균의 거의 전부가 페니실린에 상당한 저항성을 보인다. 1950년대에 메티실린이라는 인공 페니실린이 개발되어 한동안 효과가 있었으나, 곧바로

최
재
천

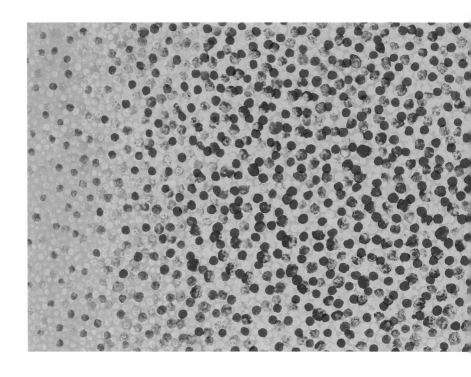

세균들의 반격이 시작됐다. 1960년대만 하더라도 임질은 페니실린으로 간단히 치료할 수 있었다. 저항성을 보이는 균주들도 앰피실린으로 누를 수 있었다. 하지만 현재 75퍼센트 이상의 임질균들이 앰피실린에도 끄떡하지 않는다.

드디어 몇 년 전 세계 보건의 날을 맞아 세계보건기구WHO는 전염병 시대가 다시 우리 곁에 찾아오고 있음을 시인했다. 거의 완벽하게 퇴치했다

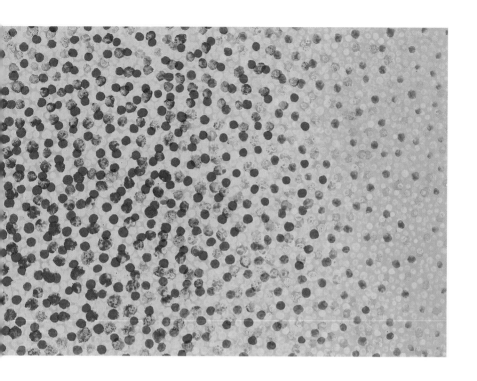

고 믿었던 전염병들이 세계 각처에서 창궐하고 있다. 우리나라도 예외가 아니다. 미처 준비가 안 된 상태에서 백신이 모자라는 소동까지 빚고 있다. 에이즈나 에볼라같이 예전에는 없었거나 그리 대수롭지 않았던 전염병들도 새롭게 등장해 인류의 안녕을 위협하고 있다. 세균이나 바이러스와의 전쟁에서 인간은 점점 처지고 있다. 그들은 우리에 비해 세대가 워낙 짧기 때문에 훨씬 빨리 새로운 무기를 만들 수 있다. 생물은 그 어느 누구도 홀로 사는 것이 아니라 늘 다른 생물들과 함께 진화한다. 따라서 다른 생물들, 그중에서도 특히 병균과의 경주에서 뒤지면 결국 멸종의 길을 걸을 수밖에 없다.

이러한 개념을 잘 설명하는 학설로 '붉은 여왕설'이라는 이론이 있다. 루이스 캐럴의 소설 《이상한 나라의 앨리스》를 보면, 거울 속 나라에서 앨리스가 붉은 여왕과 손을 잡고 어디론가 달려가는 장면이 나온다. 숨을 헐떡이며 아무리 달려도 계속 제자리걸음을 하고 있는 자신을 발견하곤 앨리스가 말한다. "우리 동네에선 이렇게 달리면 지금쯤 어딘가에 도착했어야 하는데요." 그러자 붉은 여왕은 "퍽 느린 동네로군. 여기선 있는 힘을 다해 달려야 제자리에나마 서 있을 수 있단다"라고 대답한다. 진화란 바로 이렇듯 붉은 여왕의 손을 잡고 뒤떨어지지 않기 위해 열심히 뛰는 것이다.

언제부터인가 병원균들이 또다시 우리보다 저만치 앞서가기 시작했다. 자연은 순수를 혐오한다. 그걸 모르고 우리는 농사를 짓는답시고 한곳에 한 종류의 농작물만 기른다. 해충들에겐 더할 수 없이 신나는 일이다. 구제역이나 광우병이 일단 발발하면 걷잡을 수 없이 번지는 까닭도 우리가 가축들을 모두 한곳에 모아놓고 기르기 때문이다. 그렇다고 해서 하루아침에 갑자기 집약 농업을 포기하고 소규모 유기 농법을 도입하는 것은 결코 쉽지 않은 일이다. 정말 심각한 문제는 바로 유전적 다양성의 고갈이다. 더 좋은 품종을 얻기 위해 우리 인류는 지난 수천 년 동안 열심히 가축과 농작물의 유전적 다양성을 줄여왔다. 좋은 유전자만 남기므로 유전적으로 다양한 집단은 병원균의 공격을 받아도 몇몇 약한 개체들만 희생될 뿐이다. 그러나 유전적으로 다양성이 고갈된 집단은 그 피해가 집단 전체에 고스란히 반영되게 마련이다.

광우병이나 구제역은 빙산의 일각에 지나지 않는다. 앞으로 이런 전염병이 몰고 올 재앙은 점점 더 빈번해지고 그 규모도 훨씬 더 커질 것이다. 유전자 과학이 발달해서 인간의 유전자를 마음대로 치환하고 조작할 수 있는 시대가 오면 우리의 유전적 다양성도 비슷한 비극의 길을 걸을 것이다. 좋은 유전자가 있다는데 바꾸지 않을 사람이 어디 있으랴. 남녀노소 할 것 없이 자신의 고유한 유전자를 남들이 다 좋다는 유전자로 바꾸기 시작하면 우리 스스로를 가축이나 농작물로 만드는 셈이다. 모두가 똑같은 가방을 메야 하고, 모두가 똑같은 구두를 신어야 하고, 모두가 똑같은 춤을 춰야 하는 우리나라는 특별히 큰 재앙을 맞이할 것 같아 걱정이다.

복제인간 몇 명이 거리를 활보하는 것은 사실 큰 문제가 아니다. '유전자 종교'를 신봉하는 인간 교인들이 스스로 자연 앞에 무릎을 꿇을 일이 더 무섭다. 유전자 시대를 사는 현대인에게 '다름의 아름다움'을 노래했던 찰스 다윈을 새삼 소개하고 싶다.

최
재
천

아는 것이 사랑이다

2000년 말 세계적인 석학들을 대상으로 설문조사를 실시했다. 우리 인류가 당면한 위기들 중 가장 심각한 것이 무엇이냐는 질문에 우리 시대의 석학들은 한결같이 생물 다양성의 고갈을 들었다. 생물 다양성을 보호하기 위해서는 우선 그것이 무엇을 의미하는가 명확하게 알아야 한다. 1989년 세계자연보호재단WWE은 생물 다양성을 "수백만여 종의 동식물, 미생물, 그들이 담고 있는 유전자, 그리고 그들의 환경을 구성하는 복잡하고 다양한 생태계 등 지구상에 살아 있는 모든 생명의 풍요로움"이라고 정의했다.

생물 다양성은 대체로 유전자 다양성, 종 다양성, 그리고 생태계 다양성으로 나뉜다. 종은 가장 일반적으로 받아들이는 생물 다양성의 단위다. 세계 각국이 모두 열대우림 보존에 동참하는 이유는 그곳에 특별히 많은 종들이 집결되어 있고, 그로 인해 지구 생태계 전체에 미치는 영향이 엄청나기 때문이다. 생태계는 특정한 지역에 살고 있는 모든 생물들의 집합인 '군집'과 그들을 에워싸고 있는 온도, 습도, 강수량, 풍속 등 모든 물리적 환경 요인들을 포함한다. 구조적으로 좀 더 다양한 생태계가 그렇지 못한 생태계보다 더 큰 종 다양성과 유전적 다양성을 유지할 수 있음은 너무도 당연하다. 세계는 바야흐로 그런 경제 체제에 돌입하고 있다. 전통적으로 경제 대국들에 의해 좌지우지되던 세계 경제에 미치는 환경 부국들의 입김이 점차 강해질 것이라는 추측이다. 환경 빈국의 제품들이 국제경쟁력을 잃어가는가 하면 국제기후협약의 협정에 따라 한 국가의 산업 구조 전체가 흔들릴 즈음이다.

이 같은 변화의 소용돌이 한복판에 우리나라의 촛불이 꺼질 듯 꺼질 듯 아슬아슬하게 서 있다. 그 촛불을 안전하게 지켜줄 든든한 바람막이가 없다는 현실이 미래를 더욱 불안하게 만든다. 전통적인 경제 대국들과 새롭게 부상하고 있는 환경 부국들은 모두 필수적으로 보유하고 있지만 우리나라에는 없는 것이 있다. 바로 국립 자연사박물관이다. 황금알을 낳는다는 생명공학 시장은 IT 시장의 규모와 맞먹으며 향후 엄청난 속도로 성장할 것이다. 그런데 자연사박물관을 그저 죽은 동식물들을 보관하고 전시하는 곳으로 생각하는 이들이 적지 않다. 자연사박물관이 첨단 연구의 메카이자 미래 산업의 산실이 될 수 있다는 사실을 이해하지 못하고 있다. 자연사박물관이 가지는 학문과 환경의 중요성은 말할 나위도 없지만 그 경제적 가치 또한 엄청나다. 삶의 질이 중요한 시대가 되면서 국립 자연사박물관이 국민 여가 활동의 질적 향상에 기여할 경제적 가치는 정량화하기도 어려울 정도다. 더욱 분명히 이해해야 할 것은 생명공학을 바탕으로 형성될 국제 시장의 경쟁력이 바로 국립 자연사박물관에서 시작된다

최
재
천

는 사실이다.

외국 여행 중 자연사박물관에 가본 적 있는 분들은 알겠지만, 자연사박물관을 영어로는 '내추럴 히스토리 뮤지엄Natural history museum'이라 한다. 그런데 시중에 나와 있는 영한사전을 찾아보면 '내추럴 히스토리Natural history'를 한결같이 '박물학'이라 번역해놓았다. 한영사전에도 '박물학'을 찾아야 '내추럴 히스토리'라고 되어 있고 '자연사'라는 단어는 아예 없다. '자연사'라는 단어가 있는 영한사전을 찾았는데 '내추럴 데스Natural death, 自然死'라고 번역되어 있었다. 이렇듯 자연사란 우리에게 그 개념이 퍽 생소한 말이다.

우선, 자연사라는 이름과 그 영역은 1세기 때 학자 플리니우스가 라틴어로 집필한 《히스토리아 나투랄리스Historia Naturalis》라는 백과사전에 그 기원을 두고 있다. 그는 로마제국 공무원으로 일하면서 무려 2000여 권의 책들에서 자연에 대한 2만여 가지 사실들을 발췌해 백과사전을 만들었다. 그 후 크리스토퍼 콜럼버스의 신대륙 발견을 시작으로 16세기 르네상스 시대 유럽 왕족이나 귀족들이 세계 각처에서 온갖 진기한 것들을 수집해 큰 방 안에 진열해놓고 친지들을 불러 자신들의 소장품을 과시하곤 했다. 18세기에 이르면 프랑스, 영국, 네덜란드 등이 국가적인 차원에서 대대적인 외국 탐사를 단행하는데, 이 같은 활동은 훗날 굴지의 국립 박물관들이 발전하는 데 원동력이 되었다. 프랑스 국립 박물관의 경우를 예로 들면, 1793년 당시 463점의 새 표본을 소장해 이미 세계적 수준을 유지하고 있었는데 10년 만에 무려 3000점 이상을 추가했다.

그러나 이같이 세계 굴지의 박물관들이 거의 무모할 정도로 표본 수집과 정리에 몰두하는 바람에 자연사라는 학문은 마치 우표 수집 같은 취미 생활 수준의 이른바 박물학으로 낙인찍히게 되었다. 이러한 관점은 상당히 최근까지 계속되어 분류학, 생태학 또는 행동학 분야의 연구자들도 스스로 자신들을 박물학자라고 부르길 꺼릴 정도였다. 그러나 1980년대에 접어들면서 환경오염과 생물 다양성 보존 문제가 우리 세대가 당면한 가장 심각한 문제로 부각됨에 따라 자연사는 다시금 현대적인 방법론으로 재무장한 종합 과학으로 새롭게 부활했다.

현대적 의미의 자연사는 지구의 역사와 그 위에 존재했던, 또 존재하는 모든 자연물의 다양성을 밝히는 포괄적이고 종합적인 과학이다. 따라서 자연사적 연구를 제대로 수행하려면 자연물을 수집하고 정리하는 것만이 아니라 그들을 자연 상태에서 관찰하고 실험하는 분류학적, 생태학적, 행동학적 연구는 물론 최첨단 기술과 장비를 이용한 물리학적, 화학적 또는 분자생물학적 분석도 겸비해야 한다. 세계 제일의 자연사박물관들은 모두 가지런히 정돈된 표본장은 물론 최신 분석과학 장비도 갖추고 있는, 말하자면 최첨단 과학 연구소들이다.

앞에서도 말했듯 자연사박물관의 기원은 르네상스 시대로 거슬러 올라간다. 당시 재력과 권력을 겸비한 유럽 귀족들이 수집하여 과시하던 개인 소장품들이 박물관의 시초다. 이같이 몇몇 특수층에게만 열려 있던 박물관은 17세기 말 영국에서 시작되었으나 19세기 말 미국에서 일어난 의무교육 이념에 힘입어 일반 대중에게도 그 문이 드디어 활짝 열리게 되었다. 누구나 교육 받을 권리가 있다는 새로운 교육 철학의 태동과 더불어 박물관도 그 역할이나 기능에서 새로운 시대를 맞게 된 셈이다.

1988년 3월 28일 자 미국의 시사 주간지 〈뉴스위크〉에 미국인들의 여가 활동에 대한 여론조사 결과가 나온 적이 있는데, 1984년 이후 가장 급증한 여가 활동은 비디오 관람이었고 그다음은 박물관 관람이었다. 미국에서 연구하던 시절, 실제로 보고 느낀 일이지만 미국인들, 그중에서도 미국 어린이들은 박물관을 무척 즐겨 찾는다. 나도 여러 번 박물관을 찾은 어린이들을 안내하면서 거대한 공룡들의 뼈를 보며 사라져간 옛날이야기를 들려주기도 하고 온갖 화려한 색깔의 새들과 곤충 표본을 가지고 왜 대부분의 동물들이 수컷들만 화려한 색을 지니는가에 대해 토론을 벌이기도 했다. 처음에는 무서워 비명을 지르던 아이들이 나중에는 살아 있는 큰 거미를 손바닥에 올려놓고 쓰다듬는 모습을 보며 흐뭇해하기도 했다.

어떤 자연사박물관이 좋은 박물관일까? 무엇보다 중요한 것은 자연사박물관의 구조와 기능에 대한 올바른 이해다. 자연사박물관 하면 대부분의 사람들이 관람객들을 위한 전시 박물관만 생각하기 쉬운데, 사실 자연사박물관은 두 개의 박물관으로 이뤄져 있다. 하나는 일반 대중을 위한 전시와 교육을 담당하는 이른바 '겉 박물관outer museum'이고 다른 하나는 연구와 전문가 양성을 위한 '속 박물관inner museum'이다. 겉 박물관을 멋있고 화려하게 만드는 일이 중요함은 말할 나위가 없다. 그래야 사람들이 계속 박물관을 찾을 테니 말이다. 그러나 잊어서는 안 될 것은 속 박물관이 튼튼하지 않고서는 절대로 훌륭한 겉 박물관을 만들 수 없다는 사실이다. 교육적이면서도 감동적인 전시는 전시관을 만드는 목공의 손에 달린 것이 아니라 속 박물관 연구진의 머리에 달려 있다. 세계 굴지의 자연사박물관 전시관에서 볼 수 있는 '관계자 외 출입금지'라는 푯말이 붙은 문 뒤에는 전시관보다 더 넓은 연구 시설, 즉 속 박물관이 버티고 있다.

세계 일류 전시를 원하면 우선 세계 일류 연구진과 시설을 갖추어야 한다. 자연사박물관의 기초는 표본과 그것을 관리하고 연구하는 자연사학자들이다. 표본이 풍부하고 훌륭해야 모든 자연사적 연구가 가능하고 전시와 교육도 할 수 있음은 두말할 필요조차 없지만, 표본 못지않게, 어쩌면 표본보다도 더 중요한 것이 바로 그 표본을 가지고 연구하고 전시를 위한 자료를 제공하는 연구진이다. 우리 국립 자연사박물관의 관리자들은 국내는 물론 국제 박물관 관리자들 또는 계통분류학자들과 협조하면서 연구 활동을 해야 한다.

표본 자체는 물론 표본에 관련된 모든 자료들을 그 표본을 연구하고자 하

최
재
천

는 학자에게 제공하는 일은 박물관 관리자의 임무 중 가장 중요한 것의 하나다. 박물관 관리자들은 이런 업무 외에도 차세대 자연사학자들을 양성할 의무를 갖고 있다. 대학을 비롯한 각종 학교 교육에 적극 참여하고 협조하는 것은 물론 박사과정이나 박사과정 후 연구자들의 교육도 그들의 중요한 임무다. 그러자면 국립 자연사박물관에는 분류학, 생태학, 행동학, 진화생물학, 지질학, 인류학 등 자연사 계통 박사 학위 소지자들은 물론 자연사에 관련된 온갖 분석과학 계통의 연구자들도 있어야 한다.

훌륭한 자연사박물관은 단순히 표본만을 보존하는 것이 아니라 그 표본들에 관련된 모든 자료들도 보관해야 한다. 동물 표본의 경우를 예로 들면, 표본 외에도 그 동물이 만든 둥지나 거미줄, 또는 발자국까지도 보관해야 한다. 동물들이 내는 소리도 녹음하고, 그들의 행동도 녹화해두어야 한다. 자연사박물관 옆에 야생동물 사육장, 수족관, 곤충관, 수목원 등을 설치해 살아 있는 생물의 관찰과 실험을 가능케 한다면 금상첨화다. 외국의 사례들을 철저히 분석하여 좋은 점들을 취하고 졸속 요인들은 처음부터 피해야 한다.

"모르는 게 약이다"라는 속담이 있지만 자연 보존에는 전혀 약이 되지 않는 속담이다. 자연은 알아야 보존할 수 있다. 뱀이나 거미를 무서워하던 이도 그들의 행동과 생태에 대해 공부하다 보면 저절로 그들을 사랑하게 된다. 진드기나 벼룩 같은 기생충도 자꾸 들여다보고 연구하다 보면 어느 날부터인가 예뻐 보인다. 유럽의 사상가 프랜시스 베이컨은 "아는 것이 힘이다"라고 말했다. 그 말에 한마디 덧붙인다면, '아는 것이 사랑이다'라 하겠다. 알아야 사랑한다. 어설프게 알기 때문에 서로 오해하고 미워하는 것이다. 상대를 완전하게 알고 이해하면 반드시 사랑하게 된다. 자연도 마찬가지다. 일단 사랑하게 되면 그들을 해치는 일이란 생각조차 할 수 없게 된다. 개천가에 버려진 비닐봉지나 빈 깡통을 줍도록 주입식으로 가르치는 일도 필요하지만, 더욱 중요한 것은 자연을 알기 위해 더 많은 연구를 해야 하고 그러한 연구를 바탕으로 일반 대중, 특히 어린이들을 교육해야 한다는 사실이다.

새로 지어질 국립 자연사박물관이 바로 이러한 범국민 교육의 중심 기관이 되길 바란다.

최

재

천   207

자연 속에 겸허한 자세로

〈창세기〉 1장에 따르면 하나님께서 이 세상을 창조하실 때 우리 인간만은 특별히 당신의 형상대로 만드셨다고 한다. 인간은 처음부터 선택받은 존재라는 뜻이다. 그러나 인간도 남자와 여자가 따로 있고, 그들이 만나 수태하여 아이를 만들면 그를 자궁 속에서 일정 기간 키우다가 낳은 후에는 또 젖을 먹여 키우는 젖먹이 동물임에 틀림없다. 특히 생물학적 연구에 의하면 우리 인간은 침팬지와 거의 99퍼센트에 가까운 유전자들을 공유한다고 한다. 그렇다면 침팬지를 비롯하여 이 지구상에 존재하는 다른 모든 생물들이 자연선택을 받으며 진화해오는 동안 어찌하여 우리 인간만은 신의 선택을 받은 것일까?

"생각한다. 그러므로 존재한다"라고 말한 프랑스의 철학자 르네 데카르트는 인간만이 유일하게 사고할 수 있는 능력을 지녔으며, 따라서 인간은 그렇지 못한 다른 모든 짐승들과 근본적으로 다르다고 설명했다. 인간을 제외한 다른 모든 동물들은 과연 생각할 줄 모르는가? 그들은 모두 의사 선생님의 고무망치에 반사적으로 튀어 오르는 우리들의 무릎처럼 그저 온갖 자극에 무의식적으로 반응하는 로봇 같은 존재들인가? 한 번쯤 개나 고양이를 키워본 사람이라면 누구나 데카르트의 생각이 얼마나 어처

구니없는 억지인지 잘 알 것이다.

동물들의 도구 사용을 한 예로 들어보자. 아프리카에서 오랫동안 야생 침팬지들의 행동과 생태를 연구해온 제인 구달 박사는 침팬지들이 흰개미굴에 긴 나뭇가지를 집어넣어 그걸 흰개미들이 물면 도로 꺼내어 흰개미들을 잡아먹는 것을 관찰했다. 더욱 놀라운 사실은 석기시대 우리 조상들이 처음에는 그저 뾰족한 돌들을 찾아서 사용하다가 나중에는 그것들을 갈고 쪼아 더 날카롭게 만들어 썼던 것처럼 침팬지들도 적당한 나뭇가지를 찾은 후 그것이 흰개미 굴 속으로 깊숙이 들어갈 수 있도록 각도를 맞추어 구부리거나 잔가지들을 치기도 한다는 것이다. 그들 역시 도구를 만든다.

도구 사용이 인류 문명사에 끼친 영향은 우리가 잘 알고 있지만, 도구는 결코 인간의 전유물이 아니다. 최근 30여 년 동안 동물행동학자들에 의해 관찰된 동물들의 도구 사용 예는 우리의 사촌뻘인 침팬지부터 작은 무척추동물에 이르기까지 매우 다양하다. 이집트 지방에 사는 대머리독수리는 껍데기가 두꺼운 타조 알을 깨기 위해 큰 돌을 부리로 들어 올려 떨어뜨리며, 딱따구리가 없는 남미 갈라파고스제도의 방울새들은 선인장 가시를 꺾어다 나무 구멍 속에 사는 벌레들을 꺼내 먹는다. 심지어 하찮은 개미들도 새들의 깃털을 이용해 물을 길어 나르곤 한다. 인간의 지능을 측정할 때 사용하는 자를 가지고 동물의 지능을 가늠할 수는 없으나 그들

최

재

천   209

이 전혀 생각 없이 행동하는 것이 아님은 분명하다.

미끼를 사용해 먹이를 낚는 동물 강태공들도 있다. 이웃 나라 일본의 조류학자들이 관찰한 일이다. 공원 연못가에 사는 왜가리가 그곳을 찾는 사람들이 빵 부스러기나 비스킷 조각을 물에 던지면 물고기들이 모여드는 것을 관찰하곤 자기도 사람들이 남기고 간 음식 찌꺼기를 부리로 물어다 물에 던져놓고는 그걸 먹으러 모여든 물고기를 잡아먹더라는 것이다. 아주 최근에는 가짜 미끼까지 사용하는 지혜를 보였다고 한다.

일찍이 그리스 사상가 아리스토텔레스는 인간을 사회적 동물이라 규정했다. 인간은 각자 혼자 살며 오로지 자기 이익만을 추구하는 것이 아니라 사회라는 공동체 안에서 질서를 유지하고 서로 협동하며 살아가는 이성적 존재라는 뜻인 것 같다. 사회적 동물인 우리 인간이 이 지구상에서 가장 우세한 종임은 말할 나위가 없으니, 인간을 제외한 다른 사회적 동물들도 무척이나 성공적일 것임은 미루어 짐작할 수 있다.

남미 아마존 유역의 열대림 속에 살고 있는 모든 동물들을 거대한 저울 위에 올려 그 무게를 잰다고 가정했을 때 개미와 흰개미가 전체 동물의 3분의 1을 차지할 것이라는 연구 보고가 있다. 각 개체로 보면 너무 보잘것없는 존재들이지만 워낙 수적으로 탁월한 동물들이라 다 합치면 표범이나 맥tapir 같은 큰 짐승들보다도 더 무거운 것이다. 특히 개미, 흰개미, 그리고 벌 등 사회적 곤충 사회는 인간 사회보다 훨씬 더 질서정연하고 효

최
재
천

율 면에서도 월등함을 알 수 있다. 물론 그들의 사회에도 개체 간 이해상반으로 벌어지는 암투가 없는 것은 아니나, 사회 전체의 이익을 위해 협동하는 그들의 자기 희생은 우리와 비할 바가 아니다. 경제적인 능력만 있으면 누구나 법적, 사회적인 제약을 받지 않고 자식을 가질 수 있는 인간 사회와 달리 사회적 곤충의 사회에서는 가장 생식력이 뛰어난 여왕 혼자서만 알을 낳고 나머지 다른 모든 암컷들은 여왕을 위해 평생 목숨 바쳐 일한다. 진화학적으로 볼 때 자기 번식을 포기하는 것보다 더 큰 희생은 없다. 생물이 무생물과 다른 근본적인 차이점이 자기 증식일진대, 자기 유전자를 후세에 남기지 못한다는 것은 진화학적인 측면에서 볼 때 사실상 죽음과 다를 바 없다. 동물행동학자들은 이러한 사회적 곤충들의 사회를 진사회성eusocial 사회라 부른다. 사회 구조의 발달 면에서 보면 인간의 사회보다도 더 진화한 사회라 할 수 있다.

지금 우리 인류는 전례 없이 심각한 환경 위기에 놓여 있다. 지구에 생명체가 나타난 이래 몇 차례 벌어진 그 어느 절멸 사건보다도 본질적으로 훨씬 더 위협적인 멸종의 벼랑에 서 있다. 우리가 만일 계속 지금 같은 속도로 환경을 파괴해간다면 2000년대에는 하루에 100여 종씩 멸종할 것이라고 본다. 〈창세기〉 1장 28절에 보면, "땅을 정복하라. 바다의 고기와 공중의 새와 땅에 움직이는 모든 생물을 다스리라" 하였다. 하나님께서 우리에게 "생육하고 번성하여 땅에 충만하라" 이르실 때 이렇게까지 땅을 파괴하며 다스리라고 하신 것은 아니리라 믿는다. 상쾌해야 할 아침에 받아 든 일간신문의 지면을 통해서나 하루 종일 일에 지친 몸과 마음을 달래려 마주 앉은 텔레비전 화면을 통해서 터진 봇물처럼 쏟아지는 온갖 모습의 우리네 사는 이야기들. 어쩌면 이다지도 몰인정하고 잔인할 수 있을까? 인성의 고귀함이 사라진 것은 말할 나위도 없고 생명의 존엄성마저도 땅에 떨어져 이젠 아예 땅속으로 묻혀버린 듯싶다. 날카로운 송곳니를 드러내고 으르렁거리는 맹수들의 싸움. 등골이 오싹해지고 식은땀이 흐를 지경이지만 그들 간의 싸움이 죽음에까지 이르는 예는 좀처럼 찾아볼 수 없다. 한참 서로 으르렁거리다가 약자가 먼저 스스로 물러선다. 설사 싸움이 벌어진다 해도 부상을 당하는 일은 있지만 그 다친 상대를 끝까지 악착같이 물어뜯어 죽이는 예는 거의 없다. 온갖 형태의 끔찍한 무기들을 가지고 심지어 대량 학살도 서슴지 않는 동물은 인간을 제외하곤 없는 듯하다.

인간은 과연 어떤 존재인가? 늘 사고하며 살아가는 유일한 동물도 아니고, 가장 이성적이고 효율적인 사회를 구성하고 사는 것도 아니고, 하나님으로부터 만물의 영장이라는 책임을 부여받을 자격이 있는 것도 아닌 듯싶다. 그렇다면 과연 인간의 본성은 무엇인가? 다윈을 아직도 자연선택론으로 진화적 현상을 설명하려 했던 영국의 한 생물학자로만 알고 있는 이들이 많으리라 생각한다. 그가 사상가로서 우리 현대인들의 의식 구

최
재
천

조에 얼마나 큰 영향을 미치고 있는가를 아는 사람들은 그리 많지 않으리라. 그의 자연선택론의 의의 중 가장 중요한 것은 바로 인간을 모든 다른 생물체들로부터 분리시키는, 이른바 이원론dualism에 바탕을 둔 인본주의의 허구와 오만으로부터 우리를 구원해주었다는 점이다. 인간과 원숭이가 그 옛날 공동 조상을 지녔다는 사실만큼 우리를 겸허하게 만드는 일은 또 없을 것이다.

인간이 참으로 특별난 종임에는 틀림없으나, 인간도 엄연히 이 자연계의 한 구성원이며 진화의 역사를 가진 한 종의 동물에 불과하다는 사실 역시 틀림없다. 이 글을 쓰기 시작할 때 글의 제목을 '자연 앞에 겸허한 자세로'라고 붙였었다. 그러다가 글을 써 나가던 도중에 '자연 속에 겸허한 자세로'라고 바꿨다. 인간이 무엇이기에 감히 자연 앞에 건방지게 설 수 있겠는가? 그 말 또한 인간과 자연을 분리시켜놓고 보는 이원론이 아닌가? "드디어 적을 찾았다. 그런데 그는 바로 우리 자신이었다"라는 표현처럼 겸허한 자세로 자연 속에 다시 서야 할 때가 온 것 같다.

지극히 예외인 동물

1990년대 초반 미국 의회에서 전례 없이 많은 여성 의원들이 당선되었을 때 시사 주간지 〈뉴스위크〉는 '만일 정치가 여성들에 의해 행해진다면'이라는 주제의 특집 기사를 실었다. 그 기사에 인용된 전문가들은 한결같이 만일 여성들이 정치를 하게 된다면 지금까지 벌어졌던 대규모

전쟁이 깨끗이 사라질 것이며, 사사건건 충돌로 치닫는 남성들과는 달리 거의 모든 문제들을 대화를 통해 풀어갈 것이라고 예측했다. 지나칠 정도로 타협에 의존하다 보면 일의 능률이 떨어지면서 자칫하면 말이 꼬리에 꼬리를 물어 중상모략이 늘어날지도 모른다는 우려도 있었지만, 폭력과 대립이 아닌 협상과 평화의 세상이 되리라는 것이었다.

최근 미국에서 심각한 사회 문제로 떠오른 학교 총기 난사 사건들의 주인공들도 거의 예외 없이 10대 소년들이다. 영화 〈에일리언〉에는 여배우 시고니 위버가 가장 용맹스러운 투사로 등장하지만, 여전사들로만 구성된 전설적인 아마존 여족을 제외하고 거의 모든 문화권의 군대는 남성들로 이루어져 있다. 영국군에게 포위된 오를레앙을 구했던 잔 다르크나 일제의 총칼 앞에 분연히 일어섰던 유관순 의사처럼 '용감한' 여인들은 인류 역사에서 수없이 많았지만 대규모 파괴와 학살을 자행한 '포악한' 여인들은 찾아보기 어렵다.

우리 인간 사회에서 벌어지는 온갖 폭력들은 침팬지 사회의 그것들과 가장 유사하다. 침팬지 수컷들은 으뜸 수컷 자리를 지키기 위해 부단히 노력한다. 버금 수컷들은 서로 동맹을 맺어 으뜸 수컷에게 몰매를 퍼부으며 권좌를 빼앗으려 한다. 야생 침팬지들은 종종 혼자 돌아다니는 수컷이나 작은 무리의 수컷들을 공격해 잔인하게 죽이기도 한다. 많은 인류 집단들이 그렇듯 침팬지 사회의 수컷들은 자기가 태어난 곳에 평생토록 머물고,

암컷들은 어른이 되면 다른 곳으로 이주한다. 그러나 이 같은 사회 구조는 다른 동물들의 사회와 비교할 때 지극히 예외적이다. 지금까지 생물학자들이 연구한 바에 의하면, 대부분의 포유동물이나 새들은 물론 거의 모든 동물들의 경우 수컷들이 때가 되면 다른 집단으로 이주하는 것이 통례다. 거기다가 혈연관계로 맺어진 수컷들이 자기 영역을 철저하게 방어하며 적의 집단을 무자비하게 공격해 그 구성원들을 살해하는 행동까지 고려하면 인간과 침팬지는 이 지구상에 살고 있는 모든 동물들 중 참으로 별난 두 종의 동물들이다.

최
재
천

DNA 분석 결과에 의하면, 인간과 침팬지가 공동 조상으로부터 분화된 것은 지금으로부터 불과 600만 년 전 일이다. 600만 년이란 시간은 진화의 관점에서 보면 그리 긴 시간이 아니다. 46억 년이라는 지구의 역사를 하루에 비유한다면 채 1분도 되지 않는 짧은 시간이다. 그 짧은 시간 동안에 인류의 조상은 열대림을 떠나 초원과 교목림으로 나와 두 발로 걸어 다니며 살게 되었고, 급기야 지극히 정교한 언어를 구사하며 농업혁명과 산업혁명을 일으켜 오늘날 이렇게 엄청난 기계문명 사회를 이룩하게 되었다. 현생 인류Homo sapiens가 탄생한 것은 그보다도 훨씬 최근인 25만 년 내지 30만 년 전인 것을 보면, 인간은 그야말로 순간에 '창조'된 동물이라 해도 과언이 아닐 것이다. 지극히 비정상적인 우리들의 인간 중심주의만 아니라면 침팬지는 어쩌면 우리 인간과 함께 호모Homo속으로 분류되거나 아니면 우리 인간을 침팬지의 속인 팬Pan에 합류시켜야 할 것이다.

멋진 신세계

"여보, 옆집에 새로 이사 온 젊은 양반이 오늘 아침 자기 집 앞의 눈을 치우며 우리 집 앞도 말끔히 치워줬어요. 요즘 세상에 참 보기 드문 젊은이인 것 같아요"라는 아내의 말에 이웃을 잘 만나 참 다행이라는 생각이 들었다. 그러던 어느 날 그 젊은이가 복제인간이라는 사실을 알았다. "어쩐지 어딘가 수상쩍다 싶었다니까" 할 것인가, 아니면 "복제되었으면 어때. 사람만 성실하고 좋던데" 할 것인가? 그리 먼 훗날의 얘기가 아니다. 큰일이 없는 한 우리 세대가 가기 전에 벌어질 일이다. 인간 복제는 이제 기술적으로는 더 이상 큰 어려움이 없다. 과학이 우리 삶의 질을 향상시킨다는 것을 부정할 사람은 없겠지만 또 한편으론 왠지 우리를 점점 더 거대한 공포의 수렁으로 빠뜨릴 것만 같은 느낌을 떨칠 수 없다.

과학에 대한 좀 더 명확한 이해가 필요할 것 같다. 인간 복제 기술이 완성되면 금방이라도 히틀러가 여럿 나타나 제3차 세계대전을 일으키기라도 할 것처럼 호들갑이지만, 분명히 알아둘 것은 유전자가 복제된 것이지 결코 생명체가 복제된 것은 아니라는 사실이다. 아무리 히틀러를 복제한다 하더라도 그가 나치의 괴수 히틀러로 성장할 가능성은 거의 없다. 약간의 포악한 성격은 타고날지 모르나 세상이 완전히 딴판인 지금 그가 제2의

최
재
전

히틀러가 될 확률은 0에 가깝다. 테레사 수녀를 여럿 복제한다 해도 그들이 모두 남을 위해 평생을 바치지는 않을 것이다. 복제인간은 출산 시간이 좀 많이 벌어진 쌍둥이에 불과하다. 내가 만일 지금 나를 복제한다면 무슨 이유에선지 어머니의 배 속에서 몇십 년 더 머물다 나온 쌍둥이 형제들이 결코 똑같은 사람으로 자라지 않는 것과 마찬가지로 그 늦둥이 쌍둥이 동생이 나와 완벽하게 똑같은 인간이 될 리 절대 없다. 유전자는 나와 완벽하게 같을지라도 그 유전자들이 발현되는 환경이 나와 다르기 때문에 전혀 다른 인간으로 성장할 것이다. 그렇다면 세상에 쌍둥이들이 좀 많아진다는 것이 그렇게도 끔찍한 일일까?

복제 양이 처음 만들어진 이후, 미국에서는 누구를 복제하고 싶으냐는 여론조사가 있었다. 마이클 조던과 로널드 레이건 대통령을 비롯한 유명 인사들의 이름이 여럿 거론되었다. 우승을 갈망하는 어느 농구 구단주가 마이클 조던을 복제해 운동장에 내놓을지는 모르지만, 그런 일이 얼마나 많이 벌어지겠는가? 부족한 노동력을 충당하기 위해서나 세상을 무력으로 정복하려는 계획을 세운다면 모를까 대규모로 복제인간들을 생산할 이유는 그리 많지 않을 것이다.

얼마 전 미국에서는 불치병을 앓고 있는 첫째 아이에게 골수를 이식해줄 사람을 찾는 데 실패하자 현대 유전학의 힘을 빌려 계획적으로 건강한 둘째 아이를 밴 어느 부부의 행위에 대해 뜨거운 논란이 있었다. "물에 빠진 사람 지푸라기라도 잡는다"는 옛말도 있듯이 죽어가는 자식을 살리기 위해 과학에 기댔기로 누가 과연 그들에게 돌을 던질 수 있단 말인가. 생각하기조차 끔찍한 일이지만 내가 만일 그런 상황에 놓인다면 나는 두 번도 생각하지 않을 것이다.

생명 윤리 법안을 둘러싸고 논쟁이 뜨겁다. 어떤 형태로든 규범을 만들어야 한다. 하지만 그 법안이 연구의 발목을 잡아서는 안 될 것이다. 불교 경전 중《백유경百喩經》을 보면 눈병을 심하게 앓는 여자를 본 이웃집 여자가 아예 눈을 빼버리려 했다는 얘기가 적혀 있다. "부귀는 모든 걱정의 근본이니 보시하지 않으면 훗날 그 죄보가 두렵다"는 말을 듣고 재물에 관해 지나치게 근심하여 오히려 고통받는 범부들의 어리석음을 일깨우는 일화다. 과학의 폐해가 두려워 연구를 접을 수 있는 시대가 아니다. 인간의 자연 서식지는 이제 과학이기 때문이다. 과학의 힘으로 태어나 과학 속에서 살다가 과학의 힘이 모자라 죽는 세상이다. 우리가 구더기 무서워 장을 못 담그고 있는 동안 과학 선진국들은 구더기를 골라내며 훌륭한 장을 담가 우리에게 도로 팔아먹으려 덤빌 것이다.

최
재
천

거품 예찬

어느 맥주 광고에서 한 유명 배우가 맥주의 생명은 몰트와 홉의 완벽한 비율이라며, 그 둘이 격렬하게 차오르며 부드럽게 감싸 안을 때 피어나는 거품이 맥주의 깊은 맛을 만들어낸다고 너스레를 떨었다. 실제로 맥주의 고장 독일에서는 거품이 전체의 30퍼센트는 돼야 진정한 맥주 맛이 난다고 한다. 맥주는 거품이 예술이다. 그런데 거품이라면 질색하는 분야가 있다. 바로 경제 분야다. 이른바 시장 가치가 내재 가치보다 과대 평가되면 거품경제가 형성되는데, 불균형한 과잉 투자로 인해 시장의 안정성이 무너질 수 있다는 이유로 경제학자들은 대부분 기겁한다. 고등교육을 받은 사람들의 취업률이 낮아지기 시작하면서 사회의 수요에 비해 지나치게 많은 인재를 길러냈다는 시장경제의 논리가 교육에까지 거침없이 날아든다. 하지만 자본주의 경제에서 언제 수요와 공급이 정확하게 맞아떨어진 적이 있었는가? 폐쇄경제 체제라면 모를까 공급 경쟁 없이는 경제 발전을 기대할 수 없다. 모름지기 넘쳐야 흐르는 법이다.

진화에서 거품은 기본이다. 자연은 스스로 지극히 낭비적인 삶의 방식을 택했다. 조개나 산호 같은 해양 무척추동물들은 엄청나게 많은 알을 낳지만 그중에서 성체로 자라는 개체는 종종 1퍼센트도 채 되지 않는다. 식물도 엄청나게 많은 씨를 뿌리지만 극히 일부만 발아하여 꽃을 피운다. 몸집이 큰 생물일수록 자식을 덜 낳지만 확실하게 기를 수 있을 만큼만 낳아 모두 성공적으로 길러내는 경우는 거의 없다. 무모하리만치 많이 태어나고 그중에서 특별히 탁월한 개체들만이 살아남아 번식에 이르는 과정에서 바로 자연선택의 힘이 발휘된다. 그 결과로 적응 진화도 일어나는 것이다.

다윈은 자연선택의 개념을 확립하는 데 필요한 마지막 단서를 경제학자 토머스 맬서스의 《인구론》에서 찾았다. 조물주 없이도 자연이 스스로 선택할 수 있는 건 바로 거품 덕택이다. 그런데 왜 맬서스의 이론은 자연계의 거품은 인정하면서 경제계에서는 윤허하지 않는 것일까?

아무리 "먹기 싫은 음식이 병을 고친다" 해도 거품 빠진 맥주는 정말 못 마시겠다.

최
재
천

인간 유일?

2014년 국제 신경과학 학술지 《뉴런》에는 영국 옥스퍼드대학교 연구진이 다른 영장류와 달리 인간의 뇌에만 존재하는 독특한 부위를 찾았다는 연구 결과가 실렸다. 인간을 비롯한 영장류의 두뇌에서 전두 피질의 북부 측면은 미래를 기획하거나 중요한 결정을 내리는 과정에 관여한다. 각각 25명의 인간과 마카크원숭이의 뇌를 자기공명영상MRI 기법으로 비교해보았더니 12개 부위 중 11개 부위는 비슷하나 1개 부위는 오로지 인간의 뇌에서만 발견됐다. 그런데 바로 이 부위가 '멀티태스킹multitasking'을 포함한 고도의 인지와 언어 능력을 조정하는 부위라는 것이다.

예로부터 인간은 늘 우리가 다른 동물과 어떻게 다른가를 얘기하느라 바빴다. 그래서 때론 "인간은 이런데 동물은 이렇다"는 식으로 얘기한다. 마치 인간은 동물이 아니라는 것처럼. 그렇다고 우리가 식물이나 무생물도 아니건만. 인간도 엄연한 동물이다. 척삭동물문, 포유강, 영장목, 사람과에 속하는 동물이다. 게다가 우리와 가장 가까운 침팬지와 유전자를 98.6퍼센트나 공유하는 것으로 드러났다.

'생각한다, 그러므로 존재한다'는 명제를 남긴 근대 철학의 아버지 데카르트는 세상이 정신과 물질 두 실체로 이뤄져 있다고 보았다. 그에 따르

면 인간만이 정신과 물질이 한데 어우러진 존재이고 다른 모든 생물은 오로지 물질로만 구성되어 있다. 철학과 수학보다 어떤 면으로는 해부학과 생리학에 더 심취해 있던 그는 당시 인간의 뇌에서만 발견된 송과체松果體, pineal gland를 '영혼의 자리 seat of soul'로 규정했다. 그러므로 오로지 인간만이 영혼을 지닌다고 설명했다.

그러나 머지않아 송과체는 다른 여러 동물의 뇌에서도 발견됐다. 하지만 데카르트는 이에 대해 일언반구 없이 세상을 떠났다. 이 세상 모든 생명이 DNA의 역사로 이어져 있는 마당에 인간만이 유일하다는 주장은 결코 쉽게 할 게 아니다. 이번에 발견했다는 그 '유일한' 부위도 언제 어느 다른 영장류에게서 불쑥 튀어나올지 아무도 장담할 수 없다.

최

재

천

알면 사랑한다

2012년 2월 26일은 내가 참으로 오랜 세월 꿔오던 꿈이 현실로 펼쳐진 날이다. 다름 아닌 세계적인 영장류 학자이자 환경운동가인 제인 구달 박사와 함께 '생명다양성재단Biodiversity Foundation'을 설립했기 때문이다. 입으로는 생명의 소중함을 떠들지만 실제로는 생명을 대하는 참기 어려운 가벼움이 도처에 널려 있다. '나'의 생명만 존귀하고 '남'의 생명은 하찮게 여기는 풍조가 확산되고 있다. 그래서 나는 오랜 자연 연구에서 얻은 깨달음을 바탕으로 함께 사는 인간의 모습을 '호모 심비우스Homo symbious' 정신으로 승화시키려 노력해왔다.

재단의 이름을 두고 나는 많은 생각을 했다. '바이오디버시티biodiversity'는 흔히 우리말로 '생물 다양성'이라 번역한다. 영어권 사람들이 이 단어를 대체로 '지구상에 존재하는 생명 전반life on earth'을 의미하는 대단히 포괄적인 용어로 이해하는 데 비해, 우리말로 '생물 다양성'이라 하면 그저 쑥부쟁이 보전이나 반달곰 복원 정도로만 생각하는 경향이 있다. 그래서 나는 고심 끝에 '생물 다양성' 대신 '생명 다양성'을 재단 이름으로 채택했다. 따지고 보면 '물건 물物'과 '목숨 명命'의 치환, 그야말로 글자 하나 차이인데 감흥은 사뭇 다르다.

생명다양성재단은 물론 지구의 생물 다양성 보전을 가장 중요한 목표로 삼는다. 그에 덧붙여 그동안 내가 글과 강연을 통해 부르짖어온 남녀, 세대, 문화, 빈부 갈등 등 다양한 인간 사회의 문제들도 두루 보듬으려 한다.

나는 "알면 사랑한다"라는 말을 좌우명처럼 떠들며 산다. 우리는 서로 잘 알지 못하기 때문에 미워하며 헐뜯고 산다. 자신은 물론 다른 생명에 대해서도 속속들이 알게 되면 결국 사랑할 수밖에 없는 게 인간의 심성이다. 이 세상에 사랑처럼 전염성 강한 질병은 없다. 알면 사랑하게 되고, 사랑하면 행동하게 된다. 우리를 둘러싼 모든 이웃과 자연에 대해 보다 많이 알려고 노력하며 그렇게 얻은 앎을 보다 많은 이웃과 나누다 보면 이 세상은 점점 더 아름답고 밝은 곳이 되리라 믿는다. 배움과 나눔보다 더 인간적인 행동은 없다.

희망을 말하는 동물

　　몇 년 전 세계적인 침팬지 연구가 제인 구달 선생님이 이메일 연하장에 '네 개의 촛불'이라는 파워포인트 자료를 첨부하여 보내주셨다. 제일 먼저 '평화peace의 촛불'이 이제 아무도 자기를 지켜주지 않는다며 힘없이 스러지고, '믿음faith의 촛불'도 더 이상 사람들이 믿음을 중요하게 여기지 않는다며 쓸쓸히 사라지더니, 드디어 '사랑love의 촛불'마저 꺼져버린 방에 어린아이가 들어온다. 언제까지나 함께 타기로 했던 4개의 촛불 중 이미 3개가 꺼져버린 걸 보고 눈물을 흘리는 아이에게 마지막 촛불이 이렇게 말한다. "걱정하지 마라. 내가 타고 있는 한 우리는 언제든 다른 촛불에 새롭게 불을 밝힐 수 있단다. 나는 '희망hope의 촛불'이니까." 동물행동학을 전공하는 나에게는 치기 어린, 그러나 나름 퍽 진지한 꿈이 있다. 언젠가는 동물들의 마음속을 들여다보리라 꿈꾸며 산다. 인간이 아닌 다른 동물들의 세계에도 분명 평화와 사랑이 존재하며, 때론 믿음에 기반을 두지 않고는 도저히 일어날 수 없는 행동도 관찰된다. 그러나 그들은 우리처럼 희망을 말하지 못한다. 2010년 지하 600여 미터의 갱도에 매몰되었다가 69일 만에 구출된 칠레 광부들의 이야기에서도 보듯이, 칠흑 같은 절망 속에서도 인간이라는 동물은 희망을 얘기한다. 그리고 희망은 무모할수록 더욱 고도의 인지 능력을 필요로 한다.

나는 대학을 졸업한 후 1년간, 지금은 고층 아파트들이 들어선 경기도 평촌 지역 어느 야학에서 정규교육을 받지 못한 채 방직 공장에서 일하는 여성들을 가르쳤다. 어느 날 교장 선생님께서 내게 내가 담임을 맡은 학급의 급훈을 만들어보라고 하셨다. 나는 생각 끝에 다음 세 마디를 학생들에게 쥐여주었다. "보다 긍정적으로, 보다 적극적으로, 보다 낙천적으로." 당시 그들이 처한 상황에 비춰보면 사실 말도 안 되는 주문이었다. 하지만 나는 매년 이맘때면 그때 내게 배운, 그러나 어느덧 같이 늙어가는 옛 제자들로부터 연하장을 받는다. 온갖 어려움을 헤치고 제법 버젓한 가정을 꾸리고 사는 아줌마들이 들려주는 희망의 이야기를 읽는다. 희망은 우리 인간만의 특권이다.

최
재
천

배움과 가르침

평생 가르치는 일을 해왔지만 새 학기를 맞을 때면 언제나 설레고 두렵다. 또 어떤 학생들을 만나게 될까 설레고, 그들에게 내가 정말 얼마나 도움이 될 수 있을까 두렵다. 어느 가족이든 그해 입시생이 한 명이라도 있느냐 없느냐에 따라 삶의 질 자체가 달라진다. 어쩌다 우리는 이처럼 교육에 목을 매고 살게 된 걸까?

불과 이삼십 년 전만 하더라도 국제동물행동학회에서 동물의 학습 능력 운운하면 그야말로 웃음거리가 되기 십상이었다. 그러나 이제 우리는 정말 다양한 동물에게서 학습이 이뤄지고 있다는 수많은 증거를 가지고 있다. 우리 인간을 포함한 포유류는 말할 나위도 없거니와 새와 곤충은 물론 물속에 사는 편형동물인 플라나리아도 배울 줄 안다. 플라나리아로 하여금 T형 미로 위를 기어가게 하고 갈림길에 도달할 때마다 한쪽에서 가벼운 전기 자극을 주는 실험을 몇 차례 반복하다 보면, 더 이상 전기 자극을 주지 않아도 그 지점에 가까워지면 알아서 반대쪽으로 방향을 튼다. 좁쌀보다도 훨씬 작은 두뇌를 지닌 그들이지만 자극에 관한 정보를 입력해두었다가 그걸 검색해내 적용하는 것이다.

이처럼 다른 동물들도 배우는 건 분명해 보이는데, 과연 그들도 가르치는

지는 확실하지 않다. 우리와 가장 가까운 동물인 침팬지의 경우를 보더라도 견과의 단단한 껍데기를 돌로 내리쳐 깨 먹거나 흰개미 굴에 나뭇가지를 집어넣어 일개미들이 그걸 물어뜯으면 살며시 빼내어 훑어 먹는 테크닉 자체는 분명히 전수되지만, 애써 다른 침팬지를 붙들고 앉아 가르쳐주는 모습은 관찰된 바 없다. 엄마 침팬지가 자식이 지켜보는 가운데 그런 행동을 끊임없이 반복할 따름이다. 이제 곧 둥지를 떠나야 할 새끼에게 어미 새도 그저 끊임없이 나는 모습을 보여줄 뿐, 결코 다그치지 않는다. 동물 세계에 배움은 있되 가르침은 없어 보인다.

짧은 시간에 많은 걸 학습해야 하기 때문에 가르침이란 과정이 생겨났겠지만 스스로 배우려 할 때 훨씬 학습 효과가 높음은 너무나 당연한 일이다. 왜 배워야 하는지도 모르는 아이들을 데리고 다짜고짜 가르치려 드는 우리의 교육법이 과연 최선일까? 최근 들어서야 우리는 드디어 '스스로 학습' 또는 '자기주도학습'을 부르짖고 있지만 다른 동물들은 이미 수천만 년 전부터 하고 있던 일이다.

최
재
천

삶과 죽음

내게는 죽기 전에 꼭 쓰고 죽으리라 다짐한 책이 한 권 있다. 그냥 '생명'이라는 제목의 책인데 아무래도 상당히 두꺼운 책이 될 성싶다. 생물학의 관점뿐 아니라 인문학과 사회과학은 물론 심지어 예술의 눈으로 바라본 생명의 모습을 그리려니 자연스레 두툼해질 것 같다. 여러 해 전 미국에 간 길에 만난 예전 대학원 친구에게 이런 나의 꿈을 밝혔더니 대번에 "그럼 못 쓰고 죽겠군" 하는 것이다. 죽기 전에 뭔가 하겠다는 사람 치고 제대로 끝낸 사람을 본 적 없다며 지금 당장 시작하라고 충고했다. 그의 충고를 받아들여 그때부터 조금씩이나마 꾸준히 쓰는 과정에서 나는 생명의 가장 보편적인 특성이 뜻밖에도 죽음이라는 걸 깨달았다. 적어도 이 지구라는 행성에 태어나는 모든 생명은 언젠가 반드시 죽음을 맞이한다는 점에서 생명의 본질은 다름 아닌 죽음이다. 나는 이를 '생명의 한계성'이라고 적어두었다.

하지만 생명의 한계성은 어디까지나 생명체의 관점에서 바라본 생명의 속성이다. 우리는 앞마당의 닭들이 싸움도 하고 짝짓기도 하고 알을 낳으며 살아가기 때문에 '닭'이라는 생명의 주체가 바로 그 닭들이라고 생각한다. 하지만 사회생물학자 에드워드 윌슨에 따르면 닭은 "달걀이 더 많은 달걀을 생산하기 위해 잠시 만들어낸 기계"에 지나지 않는다. 여기서 달걀은 다름 아닌 유전자를 의미한다. 달걀 속의 유전자가 닭을 만들어 달걀을 생산하게 하다 여의치 않아지면 그 닭을 죽여버리고 또 다른 닭을 만들어 달걀 생산을 계속하는 게 닭의 삶이라는 것이다. 닭은 이 세상에 태어나 한동안 살다가 결국 한 줌 흙으로 돌아가지만, 그 닭을 만들어낸 유전자는 예전부터 지금까지, 그리고 앞으로도 계속해서 닭들을 만들어 낼 것이다. 생명체의 삶은 유한하지만 유전자의 관점에서 바라보는 생명은 '영속성'을 지닌다. 태초부터 지금까지 유전자는 생명의 끈을 놓지 않았다.

나는 이 글을 노무현 전 대통령이 홀연 자신의 생명 끈을 놓아버렸을 때 썼다. 그의 육체는 사라졌지만 그의 유전자는 남는다. 자손들의 몸을 통해 남는 유전자뿐 아니라 그의 이상이 담긴 '노무현 표' 문화 유전자도 세대를 거듭하며 퍼져갈 것이다. 혁명가로서 그가 뿌린 문화 유전자의 힘은 그가 생각했던 것보다 훨씬 강력할지 모른다. 삼가 고인의 명복을 빈다.

최
재
천

옷의 진화

요즘은 여름만 되면 거의 연일 30도를 웃도는 살인적인 무더위가
이어진다. 높은 온도도 문제이지만 푹푹 찌는 습도가 더 견디기 어렵다.
이럴 땐 그냥 홀딱 벗고 지냈으면 좋겠다. 집에서는 물론이고 밖에서도
그냥 벗고 다닐 수 있으면 좋으련만.

인간은 과연 언제부터 옷을 입기 시작했을까? 1988년 미국 콜로라도대학
고고학자들은 러시아 코스텐키 지방에서 동물의 뼈와 상아로 만든 바늘들
을 발견하곤 그것들이 기원전 3만~4만 년 전에 사용된 것들이라고 발표
했다.

인간이 처음으로 옷을 입기 시작한 시점을 찾는 노력은 엉뚱하게도 기생
충 연구에서 단서를 얻었다. 독일 막스플랑크연구소 인류학자들은 사람
이human louse의 유전자를 분석해 인간이 약 10만 7000년 전부터 옷을 입
기 시작했다고 추정했다. 인간은 영장류 중에서 유난히 털이 없는 종이
기 때문에 사람이는 옷의 출현과 더불어 비로소 번성했을 텐데, 이 시기
가 우리 조상들이 아프리카를 벗어나 보다 추운 지방으로 이주하기 시작
한 5만~10만 년 전과 얼추 맞아떨어져 설득력을 얻고 있다.

옷을 입는 관습은 오로지 인간 세계에만 존재한다고 알려져 있다. 그러

최
재
천

237

나 동물을 연구하는 내 눈에는 옷을 입는 동물들이 심심찮게 눈에 띈다. 수서곤충의 일종인 날도래 애벌레는 작은 돌이나 나뭇조각들을 이어 붙여 매우 정교한 튜브 모양의 구조물을 만들고 그 속에 들어가 산다. 그런데 이 구조물이 어딘가에 고정되어 있는 게 아니라 애벌레가 돌아다닐 때 늘 함께 움직인다는 점에서 나는 그것을 집이 아니라 일종의 옷으로 간주해야 한다고 생각한다. 우리나라 바닷가에서 흔하게 기어 다니는 집게도 사실 집을 지고 다니는 게 아니라 일종의 갑옷을 입고 다니는 것이다. 인간이 성장하면서 때맞춰 새 옷을 사 입어야 하는 것처럼 집게들도 몸집이 커지면 점점 더 큰 고둥 껍데기를 구해 갈아입는다. 그런가 하면 달팽이는 집게와 마찬가지로 단단한 껍질을 이고 다니긴 해도 그것이 주변 환경에서 얻은 게 아니라 스스로 물질을 분비하여 만든 것이라는 점에서 옷이 아니라 피부나 가죽의 연장으로 봐야 할 것 같다. 그렇다면 우리나라 검사들의 '옷'은 아무래도 달팽이보다는 집게의 껍데기에 더 가까운 듯싶다. 동기가 검찰총장만 되면 모두 훌렁훌렁 쉽게도 벗어 던지니 말이다.

붉은색과 남자

1986년 아르헨티나 태생의 영국 가수 크리스 드 버그가 불러 영국과 아일랜드는 물론 우리나라에서도 큰 인기를 끌었던 〈붉은 옷을 입은 여인The Lady in Red〉이라는 노래가 있다.

나는 이렇게 많은 남자들이 당신에게 춤을 추자고 몰려드는 걸 본 적이 없다오. … 나는 당신이 그 드레스를 입고 있는 걸 본 적이 없다오. … 오늘 밤 당신의 모습을 나는 결코 잊지 못할 것이라오.

붉은색이 여성의 성적 매력을 돋보이게 한다는 것은 잘 알려진 사실이다. 그런데 최근 미국 로체스터대학 심리학자들의 실험에 따르면 남자의 경우도 마찬가지란다. 동일한 남성의 사진에 각각 붉은색 테두리와 흰색 테두리를 두르거나 컴퓨터로 남성의 셔츠 색깔을 붉은색·회색·녹색·파란색 등으로 조작한 사진을 여학생들에게 보여주며 남성의 사회적 지위, 성적 매력, 호감도 등에 대해 물었다. 결과는 붉은색이 남성의 지위, 장래성, 성적 매력 등을 한층 높여주는 것으로 나타났다. 연구자들은 동일한 결과를 미국뿐 아니라 영국, 독일, 그리고 중국에서도 관찰했다.

최
재
천

인간의 붉은색 선호에는 문화적 영향보다 훨씬 더 깊은 생물학적 근거가 있음을 의미한다.

아프리카의 카메룬과 가봉 지역의 열대우림에 서식하는 맨드릴mandrill이라는 개코원숭이의 암컷들도 훨씬 더 강렬한 붉은색을 띤 수컷을 선호한다. 그 지역에 사는 아프리카 원주민들의 사회에도 높은 지위의 남성들이 종종 붉은색으로 치장하는 풍습이 있다. 우리나라를 비롯한 동양의 고대 국가들에서도 붉은색은 권위와 지위의 상징이었다. 최근 우리 정치인들이 소통과 희망의 표현으로 파란색 넥타이를 자주 매지만 자신감과 리더십을 나타내는 데는 역시 붉은색 넥타이가 제일이다. 시상식장으로 향하는 배우들도 붉은 카펫 위를 걷는다.

그런데 붉은색에 대해 섭섭한 게 하나 있다. 우리말에는 붉은 빛깔을 묘사하는 수많은 형용사들이 있지만, 성적 문맥으로 쓰이는 영어의 '레드red'를 제대로 표현할 말이 없어 보인다. '붉은'은 어딘지 미흡하고 '빨간'은 너무 천박하다. '새빨간'은 너무 드세고 '시뻘건'이나 '검붉은'은 그저 음침해 보인다. 우리 형용사들이 이렇게 '풍요 속의 빈곤'을 겪을 줄이야.

최
재
천

통합, 융합, 통섭

나는 그동안 주로 '개미 박사'나 '생태학자'로 불렸는데, 최근에는 종종 '통섭 학자'라고 소개된다. '통섭統攝'이라는 말은 어느덧 지하철에서도 들을 수 있는 일상용어가 되었다. 통섭이라는 개념을 처음 제시했을 때 기존에 우리가 사용하던 통합이나 융합과 어떻게 다르냐는 질문이 이어졌는데, 고맙게도 2005년 서울대학교 개교 60주년 기념 학술 대회에 모인 여러 분야의 학자들이 마치 인터넷 백과사전 위키피디아를 만들 듯 다음과 같이 정리해주었다.

통합은 둘 이상을 하나로 모아 다스린다는 뜻으로, 다분히 이질적인 것들을 물리적으로 합치는 과정이다. 전쟁 때 여러 나라 군대를 하나의 사령부 아래 묶어 연합군 또는 통합군을 만들지만 병사들 간의 완벽한 소통은 기대하기 어렵다. 통합보다 강한 단계가 통폐합인데 껄끄럽기는 마찬가지다. 융합은 핵 융합이나 세포 융합에서 보듯이 아예 둘 이상이 녹아서 하나가 되는 걸 의미한다. 통합이 물리적 합침이라면 융합은 다분히 화학적 합침이다.

이와 달리 통섭은 생물학적 합침이다. 합침으로부터 뭔가 새로운 주체가 탄생하는 과정을 의미한다. 남남으로 만난 부부가 서로 몸을 섞으면 전혀 새로운 유전자 조합을 지닌 자식이 태어나는 과정과 흡사하다.

나이가 조금 지긋한 이들은 학창 시절 〈가지 않은 길〉이라는 시를 외웠던 기억이 날 것이다. 로버트 프로스트가 쓴 또 다른 시 〈담을 고치며〉에는 다음과 같은 구절이 있다. "좋은 담이 좋은 이웃을 만든다." 담이 없으면 이웃이 아니라 한집안이다. 한집안이라고 해서 늘 화목한 것은 아니다. 학문의 구분과 사회의 경계는 나름대로 다 필요한 것이다. 다만 지금처럼 담이 너무 높으면 소통이 불가능하다. 통섭은 서로의 주체는 인정하되 담을 충분히 낮춰 소통을 원활하게 만들려는 노력이다.

통합이든, 융합이든, 통섭이든 우리가 원하는 것은 서로 어울려 갈등을 없애고 화목해지는 것이다. 소통은 세 가지 덕목을 필요로 한다. 비움, 귀 기울임, 그리고 받아들임이다. 결론을 손에 쥐고 남을 설득하려 들면, 그건 통치 또는 통제에 가깝다. 우선 나를 비워야 한다. 그리고 상대의 말에 귀를 기울이며 좋은 것은 받아들여야 한다. 유난히도 소통이 아쉬웠던 한 해가 저문다.

최
재
천

243

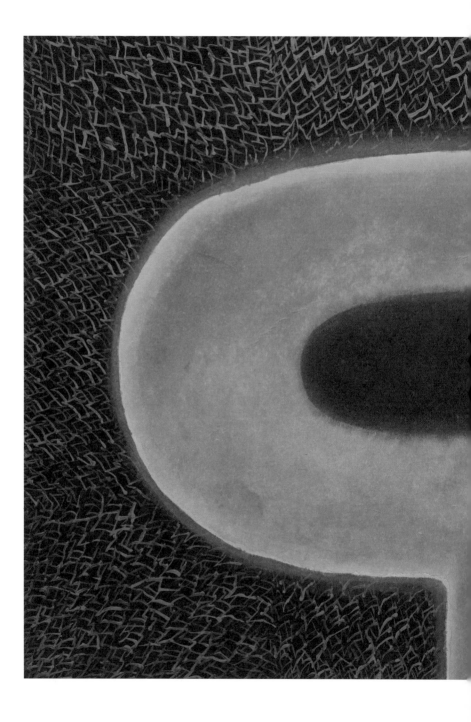

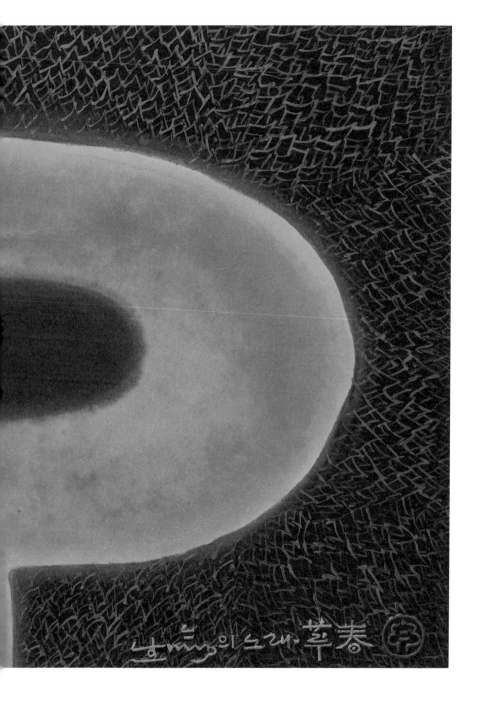

날개의노래 草春 宇

능소화 凌霄花

    우리 동네 연희동은 요즘 골목마다 능소화가 만발했다. '하늘을 업신여기는 꽃'이라 했던가? 거의 한 집 건너 담벼락마다 능소화가 하늘을 우러러 너울거린다. 일명 '양반꽃'을 심었다가 관아에 끌려가 볼기라도 맞을까 두려워 나는 언감생심 꿈도 꾸지 않건만 옆집 능소화가 담을 넘어와 우리 집 외벽에 흐드러졌다.

몇 년 전 온 가족이 함께 강릉으로 여행을 갔다가 경포호 남쪽 초당 솔숲에 있는 난설헌 허초희와 교산 허균 남매의 생가를 찾은 적이 있다. 고즈넉한 고택에 능소화가 눈이 부시도록 아름다웠다. 자원봉사자 할머니의 설명에 따르면, 옛날 '소화'라는 이름을 가진 궁녀가 단 한 번 승은을 입고 빈이 되었으나 그 후 다시는 찾아오지 않는 임금을 기다리다 요절했다고 한다. 그 넋이 꽃으로 피어났다는 것. 그 하염없는 기다림이 아직도 여전한지 능소화는 지금도 연신 담 너머를 기웃거린다.

능소화는 암술 하나에 수술 넷을 지니고 있다. 능소화의 속명^{屬名, genus}은 '캄프시스^{Campsis}'. '굽은 수술'이라는 뜻이다. 꽃을 들여다보면 정말 두 쌍의 수술들이 서로 머리를 조아리며 암술을 위아래로 감싸고 있다. 한 쌍의 수술은 암술보다 위에, 그리고 다른 한 쌍은 더 아래쪽에 위치한다.

능소화를 보며 늘 왜 키가 다른 두 쌍의 수술들이 암술을 포위하고 있을까 궁금했는데, 최근 중국 생물학자들이 관찰한 바에 의하면 서로 다른 종류의 곤충들이 각각의 수술을 담당한단다. 긴 수술은 꼬마꽃벌이, 그리고 짧은 수술은 말벌이 주로 찾는단다. 소화는 일편단심 임금님만 바라보는데 허구한 날 하나도 아니고 두 종류의 '벌레'들이 늘 집적거렸을지도 모를 일이다.

능소화의 꽃말은 '명예'다. 고 박경리 선생님은《토지》에서 "미색인가 하면 연분홍 빛깔로도 보이는" 능소화를 최 참판 가문의 명예를 상징하는 꽃으로 묘사했다. 그런데 얼마 전 SBS 대하 드라마〈토지〉의 제작자가 스스로 목숨을 끊었다. 무슨 명예를 지키려 목숨까지 바쳐야 했는지 안타깝기 그지없다. 능소화의 화려함 뒤에는 울컥거리는 애절함이 숨어 있다. 이런 사연들을 아는지 모르는지 서양 사람들은 능소화를 '아침 고요 Morning Calm의 꽃'이라 부른다. '아침 고요의 나라'의 아침을 여는 꽃 능소화, 너 참 아름답구나!

최
재
천

두 동굴 이야기

　　찰스 디킨스는 다윈의 《종의 기원》이 출간되던 1859년, 《두 도시 이야기》라는 소설을 출간했다. 프랑스혁명을 전후해 파리와 런던에서 일어난 계층 간의 갈등을 그린 소설로, 무려 200만 부 이상 팔렸다. 잡지에 연재된 《두 도시 이야기》의 마지막 회는 11월 26일 발표되었다. 《종의 기원》이 서점에 나온 것은 그보다 이틀 전인 24일이다. 두 책 이야기도 심상치 않아 보인다.

나는 인간 본성과 자연환경의 관계를 설명할 때 종종 디킨스의 《두 도시 이야기》의 제목을 패러디한다. 이름하여 '두 동굴 이야기'다. 하버드대 생물학자 에드워드 윌슨 교수는 우리 인간의 본성에 본래부터 자연을 사랑하는 유전적 성향이 존재한다고 주장한다. 그는 이를 '생명 bio- 사랑 -philia', 즉 '바이오필리아'라고 부른다. 나는 그가 내세운 거의 모든 이론을 추종하지만, 이것만큼은 따를 수 없다. 오히려 나는 인간에게 자연 파괴의 본성이 있다고 생각한다.

두 동굴에 살던 우리 조상들을 상상해보자. 한 동굴에는 유난히 새벽잠이 없는 할머니가 살고 있었다. 밤중에 용변을 보러 동굴 깊숙한 곳으로 들어가려는 손주에게 할머니는 단호히 밖에 나가서 용변을 보라고 이른다.

그날 밤 손주는 끝내 돌아오지 않았다. 또한 허구한 날 사냥을 나가려는 식구들을 할머니는 동굴이 더러우니 대청소를 하자며 불러 세운다. 그에 비하면 건너 동굴의 가족은 훨씬 분방하게 산다. 그러다 보니 동굴에는 이내 먹다 버린 음식 찌꺼기와 오물이 쌓여 악취가 진동하고 파리가 들끓는다.

자, 과연 어느 집안이 더 잘 먹고 잘 살았을까? 늘 주변 환경을 보살피며 산 가족일까, 아니면 맘 편히 먹고 싼 가족일까? 나는 단연코 후자라고 생각한다. 그 옛날 우리는 살던 동굴이 참기 어려울 정도로 더러워지면 그냥 새 동굴로 옮겨 가면 그만이었다. 우리 인간은 그 누구보다도 자연을 잘 이용해먹었기 때문에 '만물의 영장'이 된 것이다. 다만 이제 우리에게는 더 이상 옮겨 갈 동굴이 없을 뿐이다. 자연을 보호하고 사랑하려는 본능은 우리에게 없다. 자연이 참다못해 우리를 할퀴기 전에 생명 사랑의 습성을 체득해야 한다. 오늘 무시무시한 태풍이 온단다.

최
재
천

목련

이른 봄 이른 새벽
창 밖에 나지막이 소곤닥이는 인기척

북으로 난 내 작은 창문 틈
속살이 유난히 흰 북구의 여인이 옷을 벗는다
허리춤에 걸린 잿빛 털외투 위로
봉곳한 등에 뽀얀 젖살이 흐른다

훔쳐보는 여인의 몸은 왜 이리도 눈이 부실까?

내가 오래전에 써놓고도 스스러워 숨겨두었던 〈목련〉이란 시다. 이 글을 쓰고 있는 지금도 나는 창문 한가득 저마다 수줍게 옷을 벗는 우윳빛 목련 꽃들을 바라보고 있다. 그런데 그들은 한결같이 북쪽을 바라본다. 옛사람들은 이를 두고 임금을 향한 충절을 떠올렸다. 생물학적으로는 남쪽의 꽃덮개 세포들이 북쪽의 세포들보다 햇빛을 많이 받아 더 빨리 자라기 때문에 자연히 꽃봉오리가 북쪽으로 기우는 것이다.

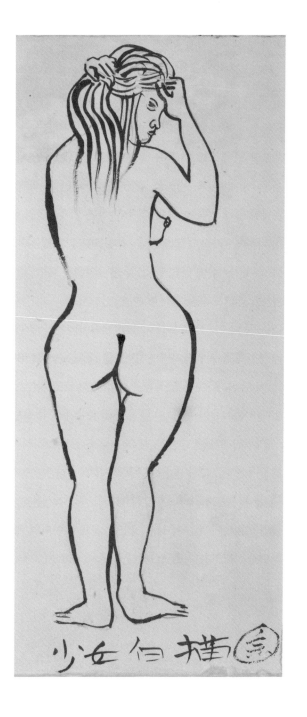

少女白描

2008년 교육과학기술부가 노벨상 수상자 등 연구 역량이 탁월한 해외 연구자들을 초빙해 우리 대학의 연구 수준을 향상시킬 목적으로 시작한 '세계 수준의 연구 중심 대학World Class University, WCU 육성 사업' 덕택에 나는 지금 미국 예일대 산림환경대학 학장인 피터 크레인 경과 공동연구를 수행하고 있다. 크레인 경은 일찍이 미국 시카고자연사박물관 관장과 영국 큐Kew 왕립식물원 원장을 역임하고 2004년 영국 왕실에서 작위를 받은 식물학자로, 특히 꽃의 진화 분야에 관한 세계적인 권위자다. 그는 최근 취리히와 시카고의 고에너지가속기를 이용한 컴퓨터 단층촬영CT 기법으로 꽃의 기원을 연구하고 있다. 그에 따르면 목련 꽃은 고대 식물의 꽃들과 구조적으로 매우 흡사하단다.

1998년 디즈니 영화사가 제작한 애니메이션 〈뮬란(목련의 중국어)〉의 주인공은 중국 여인이지만, 나는 목련 꽃을 보면 1930년대 얼음같이 차가운 아름다움으로 뭇 남성들의 마음을 사로잡았던 스웨덴 출신의 여배우 그레타 가르보가 떠오른다. 목련에서는 왠지 얼음 냄새가 난다. 실제로 목련은 약 1억 년 전에는 북극 지방을 중심으로 북반구 전역에 걸쳐 널리 분포했다. 그 당시 북극 지방의 기후는 지금의 유럽 수준이었다. 그러다가 급격한 기후변화로 인해 빙하로부터 안전한 남쪽에 분포하던 목련들만 살아남아 오늘에 이른 것이다. 목련은 어쩌면 오늘도 고향이 그리워 북쪽을 바라보는지도 모르겠다.

석양

예년보다 좀 이른 추석도 지나고 억수 같은 비를 토해낸 다음이라 그런지 하늘이 유달리 창백해 보인다. 마냥 뜨겁기만 하던 햇살도 가슴팍에 내리쬐는 느낌이 다르다. 폭염이라는 표현이 전혀 어색하지 않았던 여름도 이젠 슬그머니 산모퉁이를 돌아선다. 여태껏 살면서 깨달은 한 가지 분명한 진리가 있다면, 그건 제아무리 난리를 쳐도 시간이 가면 시간이 온다는 사실이다.

고형렬 시인이 "까마득한 기억의 한 티끌과 영원 저 바깥을 잇는 통섭의 시"라고 평한 황지우 시인의 〈아주 가까운 피안〉이라는 시가 있다.

> 어렸을 적 낮잠 자다 일어나 아침인 줄 알고 학교까지 갔다가 돌아올 때와
> 똑같은, 별나도 노란 빛을 발하는 하오 5시의 여름 햇살이
> 아파트 단지 측면 벽을 조명할 때 단지 전체가 피안 같다
> (중략)
> 어디선가 웬 수탉이 울고, 여름 햇살에 떠밀리며 하교한 초등학생들이

최
재
천

문방구점 앞에서 방망이로 두더지들을 마구 패대고 있다.

나는 하루 중 해 질 무렵을 제일 좋아한다. 어렸을 적 시골에서 삼촌들과 함께 밭일을 마치고 할머니가 감자밥을 해놓고 기다리는 집으로 돌아오던 기억이 아른하다. 늘 바삐 돌아가는 삶이지만 눈에 드는 사물들의 윤곽이 아스라해지기 시작할 무렵이면 왠지 모르게 마음도 절로 차분해진다. 툭하면 괜스레 우수에 젖는 걸 즐기는 나만 그런가 했는데, 주변에 물어보니 해 질 무렵을 좋아한다는 이들이 뜻밖에 적지 않다. 시간을 내 가까운 동산에 오르거나 강변을 거닐며 지는 해를 바라보라. 석양을 바라보며 숙연함을 느끼는 것은 인간 모두의 보편적인 감성일 것이다. 《인간의 위대한 스승들》이라는 책에 소개되어 있는 어느 동물학자의 이야기다. 어느 날 그는 아프리카 하늘을 온통 붉게 물들이며 꺼져가는 석양을 지켜보고 있었다. 그때 숲속에서 홀연 파파야 한 무더기를 들고 침팬지 한 마리가 나타났다. 그는 슬그머니 파파야를 내려놓더니 시시각각으로 변하는 노을을 15분 동안이나 물끄러미 바라보다가 해가 완전히 사라지자 터덜터덜 숲으로 돌아갔다고 한다. 땅에 내려놓은 파파야는 까맣게 잊은 채. 침팬지의 삶도 피안의 순간에는 까마득한 저 영원의 바깥으로 이어지는가? 그 순간에는 그도 생명 유지에 필요한 먹을 것 그 이상의 무언가를 찾고 있었으리라. 가을이다.

여울

얼마 전 지인 가족과 함께 자동차 여행을 하던 중 각자 자기가 이 세상에서 가장 좋아하는 것 다섯 가지를 말해보기로 했다. 세상에 좋아하는 게 어디 다섯 가지뿐이랴마는 막상 꼽으려니 그리 쉽지 않았다. 나 역시 애써 다섯 가지를 얘기했지만 이제는 그중 세 가지밖에 기억나지 않는다. 학교, 해 질 녘, 개울……. 나는 평생 학교가 그냥 좋았다. 동네 골목에서 노는 것도 좋았지만 너른 학교 운동장에서 뛰어노는 것에 비할 바가 아니어서 일요일에도 꾸역꾸역 책가방을 챙겨 메고 학교에 가서 놀곤 했다. 그러다 보니 끝내 학교를 떠나지 못하고 교수가 된 듯싶다. 어느덧 공부와 폭력에 찌들어버린 우리 학교, 그리고 그곳에 가기를 끔찍하게 싫어하는 요즘 아이들을 보면 안쓰럽기 그지없다.

나는 하루 중 어둑어둑한 해 질 녘을 제일 좋아한다. 그 어슴푸레한 '빛결'이 내 마음 깊숙한 곳까지 가지런히 빗겨주는 그 느낌을 좋아한다. 그리고 나는 돌돌거리며 흐르는 개울을 정말 좋아한다. 미국에 유학한 뒤 1년이 넘도록 개울다운 개울을 보지 못했다. 가슴 한복판에 무거운 돌 하나가 댐처럼 막아서 있었다. 이 땅에서는 숲으로 몇 발짝만 들어서면 귀가 먼저 찾아내는 개울이건만 내가 살던 미국 땅에는 유유히 흐르는 시내는

최
재
천

255

있어도 돌 틈에 재잘대는 개울은 흔치 않았다.

그런데 엄밀히 말하면 내가 정말 좋아하는 건 단순한 개울이 아니라 여울이란다. 골짜기나 들판에 흐르는 작은 물줄기가 모두 개울이라면 바닥이 얕아지거나 폭이 좁아져 물살이 빨라지는 곳이 여울이다. 요즘 단풍놀이가 한창인데 그 붉은 이파리들을 흔드는 여울 소리가 없다면 참 건조할 것 같다. 김소월 시인의 〈개여울〉에는 "가도 아주 가지는 않노라심은"이라는 구절이 있다. "물은 흘러도 여울은 여울대로 있다"라는 옛말을 떠올리면 "굳이 잊지 말라는" 시인의 "부탁"이 참으로 절묘하다. 과연 우리 삶에서는 무엇이 변하고 무엇이 여울처럼 제자리에 머무는 것일까? 날마다 해 질 녘이면 개여울에 나가 앉아 하염없이 무언가를 생각하며 살 수 있으면 정말 좋으련만.

으악새

    "아~ 아~ 으악새 슬피 우니 가을인가요."

고복수 선생이 부른 〈짝사랑〉의 첫 구절이다. 이 땅의 중년이라면 누구나 가을의 문턱에서 한 번쯤 읊조려본 노래이지만 정작 으악새가 뭐냐고 물으면 속 시원하게 답하는 이가 없다. "뻐꾹 뻐꾹" 운다고 뻐꾹새요, 연신 "솥 적다 솥 적다" 울부짖어 소쩍새이니만큼 "으악 으악" 하며 우는 새려니 하지만 딱히 그리 우는 새가 없다. 하기야 새소리는 듣는 귀에 따라 사뭇 다르긴 하다. 우리 귀에는 닭이 "꼬끼오" 하고 우는데 서양 사람들은 한사코 "카커 두들 두우Cock-a-doodle-doo"라고 우긴다.

으악새가 왜가리라는 이들이 있다. 일부 지방에서는 실제로 왜가리를 '으악새'라 부른단다. 하지만 왜가리 소리는 "으악 으악" 하며 다소 늘어지는 두 음절보다는 "왝 왝" 하며 뚝뚝 끊어지는 단음절 소리에 가깝다. 게다가 마을 어귀 솔숲에 수십 마리가 한데 모여 왝왝거리는 왜가리는 왠지 고즈넉한 가을 정취와는 거리가 있어 보인다.

으악새의 '새'가 볏과 식물을 통틀어 일컫는 말일 수도 있다. 실제로 일부 경기 지방에서는 '으악새'가 '억새'의 방언으로 불린다. 그렇다면 "으악새 슬피 우는"은 가을 바람에 억새가 휩쓸리며 내는 스산한 소리를 비유

최
재
천

한 표현일 수 있다. 옛날 그리스의 미다스 왕이 아폴론의 노여움을 사 당나귀 귀를 얻었는데, 그 비밀을 알고 있는 이발사에게 함구 명령을 내리고 평생 모자를 눌러쓰고 살았건만 입이 근질근질해 견디다 못한 이발사가 강둑에 구덩이를 파고 그 속에다 "임금님 귀는 당나귀 귀"라고 속삭이는 바람에 강변의 갈대들이 지금도 바람만 불면 그 비밀을 노래한다는 실화가 있다. 강가의 갈대가 노래를 한다면 언덕 위의 억새도 가을을 탈 법하다.

이쯤 되면 으악새란 결국 새가 아니라 풀이려니 하며 〈짝사랑〉의 2절로 넘어가면 "아~ 아~ 뜸북새 슬피 우니 가을인가요"로 이어진다. 할 수만 있다면 작사가 김능인 선생에게 여쭤보면 좋으련만 언제 어디서 돌아가셨는지 정확한 기록조차 없단다. 으악새야, 너는 도대체 누구냐?

자작나무

안도현 시인은 시 〈자작나무를 찾아서〉에서 "따뜻한 남쪽에서 살아온 나는 잘 모른다/자작나무가 어떻게 생겼는지를"이라고 고백했다. 자작나무는 원래 북반구의 추운 지방에서 자라는 나무라서 남한에는 자연 상태에서 자라는 자작나무 숲이 없었다. 그러나 고등학생 시절 국어교과서에서 정비석의 수필 〈산정무한〉을 읽고 자란 중장년 세대는 지구온난화에도 아랑곳하지 않고 '수중공주樹中公主'를 모셔다 여기저기 심었다. 산림청도 덩달아 강원도 인제에 138ha(헥타르)에 달하는 자작나무 숲을 조림해 관광 명소로 만들었다.

나 역시 자작나무를 좋아해 전국 어느 숲에서든 자작나무만 만나면 달려가 쓰다듬지만 아쉽게도 정비석이 말한 것처럼 아낙네 속살보다 희거나 매끄러운 자작나무는 아직 찾지 못했다. 그러다 최근 중국 지린성 지역의 대학 및 연구소와 국제 협약을 체결하러 갔다가 드디어 백두산 기슭에서 꿈에도 그리던 그 '아낙네'를 만났다. 물론 나는 첫눈에 반해버렸고 너무 반가워 달려가 끌어안고 사진까지 찍었다.

지난 7월 10일 '닥터 지바고'를 열연했던 배우 오마 샤리프가 83세의 나이로 별세했다. 백두산 탐방이 처음이었던 나는 사뭇 낭만적인 여정을 꿈

꿨던 것 같다. 러시아 민요 〈들에 서 있는 자작나무〉가 테마로 들어 있는 표트르 차이콥스키의 교향곡 제4번 4악장 피날레를 들으며 영화에서처럼 개썰매를 타고 천지에 오르는 그런 꿈 말이다. 비록 버스로 백두산 정상에 올랐지만 그 길가에도 자작나무는 지천이었다. 그러나 어인 일인지 길가의 자작나무들은 속살이 그리 요염하지 않았다. 이정록 시인은 그의 〈서시〉에서 "마을이 가까울수록 나무는 흠집이 많다/내 몸이 너무 성하

다"라 했고, 우리가 탄 버스는 분명 마을에서 멀어지고 있었건만 자작나무의 몸은 결코 성하지 않았다. 안내하던 중국 생태학자는 쉴 새 없이 관광객을 실어 나르는 구형 버스들이 뿜어내는 매연에 자작나무인들 배겨나겠느냐며 안타까워했다. 사람이 가까울수록 나무는 흠집이 많다. 중국 지도자들이 이 글을 읽을 수 있으면 좋으련만.

행복의 수학 공식

　　얼마 전 어느 라디오 프로그램에서 행복의 조건에 관해 물어와 짤막하게 몇 마디 했는데, 내가 한 말치고는 퍽 괜찮았던 것 같아 여기 다시 적는다.

〈쌍둥이별〉이라는 영화의 원작 소설을 쓴 조디 피코가 우리말로 번역된 그의 또 다른 소설《19분》에 소개한 행복의 수학 공식이 있다. 그에 따르면 행복의 공식은 '현실÷기대'란다. 분수로 표현하면 현실은 분자고 기대는 분모가 된다. 그렇다면 행복해지는 방법에는 두 가지가 있는 셈이다. 우선 분자인 현실을 개선하는 방법이 있다. 사람들은 대체로 이 방법을 사용해 보다 행복해지려 한다. 그러나 요즘 같은 무한경쟁 시대에 이는 결코 만만한 방법이 아니다. 현실적으로 이보다 훨씬 쉬운 방법이 있다. 바로 분모를 작게 만드는 것이다. 분수의 값을 크게 하려면 분자를 키우는 것보다 분모를 줄이는 게 훨씬 효과적이다. 예를 들어, 99/4에서 분자를 하나 키워본들 100/4, 즉 25밖에 안 되지만, 분모를 하나 줄이면 99/3, 즉 33이 된다. 법정 스님이 설파한 무소유를 실천하면 분모가 아예 '0(영)'이 되어 행복은 분자에 상관없이 무한대가 된다. 가난한 나라 부탄 국민의 97%가 스스로 행복하다고 느낀단다.

대학 시절 어느 동아리 문집에 이런 글을 썼던 기억이 난다. "함박눈이 흩날리는 명동 길을 걸어 벗들이 기다리는 찻집에 들어설 때 코끝을 간질이는 두향차 내음. 행복이란 뭐 이런 게 아닐까?" 내 주제에 뭘 원한다고 해서 그리 될 리 있겠는가 생각하며 늘 별것 아닌 일에 행복을 운운하며 살았던 것 같다. 남들은 간절히 바라면 이루어진다는데 나한테는 여태껏 가슴이 먼저 뛰고 나면 되는 일이 별로 없었다. 그래서 나는 기대만큼 안 되는 걸 기정사실로 받아들이고 작은 것에 만족하려 애쓰며 산다.

이렇게 얘기하면 자칫 내가 일찌감치 포기하고 노력조차 하지 않는 무기력한 삶을 사는가 싶겠지만, 나는 사실 치열하게 노력하며 산다. 최선을 다하지만 내가 원하는 결과가 오지 않을 수도 있다고 스스로 다독이며 살 뿐이다. 그러면서도 내가 원하는 것의 반만이라도 이뤄지면 얼마나 좋을까 숨죽이며 산다. 평생 그렇게 살았는데 뜻밖에 노력한 것보다 훨씬 더 많이 얻었다. 그래서 나는 행복하다.

최
재
천

263

혼화混和의 시대

　　역사학을 전공하는 분들에게 묻고 싶다. 인류 역사를 통틀어 지금처럼 대대적으로 피가 섞여본 적이 있는지. 예전에 핀란드 사람들은 대체로 핀란드 사람들끼리 피를 섞었고, 한반도에 사는 우리들은 그저 우리들끼리 결혼해서 애 낳고 살았다. 그런데 언제부터인가 종족 간 결혼이 엄청나게 빈번해지기 시작했다. 전쟁 통에 억지로 피가 섞이긴 했지만 지금처럼 대규모 피 섞임이 일어난 적은 없었던 것 같다.

나는 가끔 그저 넉넉잡고 한 500년만 살게 해달라고 기도한다. 삶에 대한 애착이 특별히 남달라 그런 것은 아니다. 다만 보고 싶다. 도대체 인류가 어떻게 변할지 내 눈으로 확인하고 싶다. 지금으로부터 약 5만 년 전 아프리카를 빠져나와 지구 여러 곳에 흩어져 독립된 개체군population으로 살던 우리 인류가 다시금 하나의 거대한 개체군으로 묶이고 있다. 이 같은 피 섞임은 각각의 개체군에게는 당장 새로운 유전적 변이를 제공하지만 인류 전체를 놓고 보면 그동안 개별적으로 구축해온 변이의 다양성을 희석시키는 결과를 빚을 것이다. 도대체 우리가 어떤 모습의 '신인류'로 변화할지 정말 궁금하다. 그렇다고 다짜고짜 천년만년 살게 해달라고 빌 수는 없고, 한 500년이면 변화의 조짐 정도는 엿볼 수 있지 않을까 하여 빌

어본다.

지금 우리 농촌의 결혼은 거의 절반이 국제결혼이다. 우리나라는 지금 상당히 빠른 속도로 다민족 국가로 변하고 있다. 대원군의 자손이네, 단일민족이네 하는 편견을 고수할 때가 아니다. 섞이는 피에 문화가 묻어 와 한데 뒤섞이고 있다. 문화와 과학이 섞이고 예술과 기술이 섞인다. 동양과 서양 음식이 섞여 퓨전 음식 천지다. 언제 정말 한가한 시간이 나면 백지 위에 지금 이 순간 우리 주변에서 절대로 섞이지 않는 것들의 목록을 만들어보라. 몇 개 못 적을 것이다. 우리는 지금 거대한 섞임의 급류에 휩싸여 어디론가 마구 흘러가고 있다. 그래서 나는 21세기 초반 이 시대를 '혼화의 시대'로 규정해본다. 다름이 어우러져 새로움으로 거듭나고 있다. 섞임을 거부하는 우를 범하지 말고 섞임의 선봉에 서야 한다. 우리와 가족이 되기 위해, 우리와 함께 일하기 위해, 왠지 우리 곁에 있고 싶어 이 땅에 온 이들을 우리 가족으로 보듬어야 한다.

최

재

천

글 잘 쓰는 과학자인 최재천 교수는 과학자의 눈과 시인의 감성을 함께 가진 분이다. 그 위에다 왕성한 지식의 탐식자다. 방계 인접 분야는 물론, 심지어 내가 몸담은 색계色界에 까지 곁눈질한다. 그래서 통섭統攝이라는 영역에 이르고 그 이름의 명패 하나를 얻게 된다. 이른바 '통섭의 과학자'다. 수년 전 최 교수가 각 분야 사람들을 불러 모아 이 색적인 공개강좌를 연 적이 있는데, 초대 받아 가보니 쟁쟁한 인물들이 모여 있었다. 그는 그날 우리들에게 마음껏 떠들며 방담하도록 유도한 후, 총괄 편집 책임자가 되어 종횡으로 쏟아놓은 언어들을 책으로 묶어냈다. 이름하여 《감히, 아름다움》(이음, 2022년). 돌이켜보면 그 자리가 바로 그가 내세운 '통섭'의 최초 실험실이 아니었던가 생각된다.

그는 학문 간 칸막이가 심한 대학의 오래된 흙담을 무너뜨리고 싶었을 것이다. 각 분야 전문가들이 저마다의 골목을 걸어 나와 광장에서 만나기를 원했을 것이다. 한 우물만 파는 것은 더 이상 미덕일 수 없다, 그러니 만나기 어렵고 껄끄러운 영역들도 서로 손을 내밀어보자. 어쩌면 그 맞잡은 손에서 제3의 에너지가 창출될 수도 있지 않겠는가. 이것이 최 교수의 믿음이었던 것 같다. 서로의 영역에서 각자 달려온 우리 두 사람도 그런 의미에서 오늘 손을 내민다. 이로써 너무도 오랜 세월 "가까이 하기엔 너무 먼 당신"이었던 과학과 예술이 동행자가 되는 것이다.

오늘 나는 생명을 주제로 만나서 두서없이 쏟아놓는다. 부디 나의 개인적이고 두서없음을 《감히, 아름다움》의 때처럼 최 교수께서 매끄럽게 다듬어주기를.

2023년 송와 산방에서, 단아

김병종이 바라보는 최재천

생명 칸타타

1판 1쇄 인쇄	2023년 11월 1일
1판 1쇄 발행	2023년 11월 8일

지은이	김병종·최재천
펴낸이	백영희

펴낸곳	너와숲ENM
주소	14481 경기도 부천시 부천로354번길 75, 303호
전화	070-4458-3230

등록	제2023-000071호
ISBN	979-11-984417-7-5 03810
정가	17,800원

ⓒ 김병종·최재천 2023

이 책을 만든 사람들

편집	허지혜
디자인	지노디자인
마케팅	한민지
제작처	예림인쇄